I am The Brian

나는 어디에서든지, 무슨 일을 하든지
소신 있는 발언을 하는 사람으로 살아가길 희망한다.

I am The Brian

펴 낸 날 2020년 7월 15일

지 은 이 Brian Jon (브라이언 전)
일러스트 Sharon Hwang (황은별)
펴 낸 이 이기성
편집팀장 이윤숙
기획편집 윤가영, 정은지, 이지희
책임마케팅 강보현, 류상만
펴 낸 곳 도서출판 생각나눔
출판등록 제 2018-000288호
주   소 서울 잔다리로7안길 22, 태성빌딩 3층
전   화 02-325-5100
팩   스 02-325-5101
홈페이지 www.생각나눔.kr
이 메 일 bookmain@think-book.com

• 책값은 표지 뒷면에 표기되어 있습니다.
  ISBN 979-11-7048-117-1(03180)

• 이 도서의 국립중앙도서관 출판 시 도서목록(CIP)은 서지정보유통지원시스템 홈페이지(http://seoji.
  nl.go.kr)와 국가자료공동목록시스템(http://www.nl.go.kr/kolisnet)에서 이용하실 수 있습니다
  (CIP2020027172).

Brian Jon

I am
The
Brian

"나는 한국인을 싫어한다" 는 인종차별에 맞선 한인 고교생
미국 주 하원의원과 시장이 극찬한 바로 그 책!

생각나눔

✦ 목차

고든 존슨 주 하원의원 추천사
"그는 살아가며 더욱더 대단한 일들을 할 것입니다."

제가 브라이언을 처음 만난 건 앤디 김 연방 하원의원
의 당선 축하 파티였습니다. 브라이언은 그 파티의 사회자였습니다.
김 의원은 맥 아서 후보를 간발의 차이로 이기고 뉴저지에서 당선
된 첫 번째 한국인 연방 하원의원입니다. 박빙이라 투표날 밤에 결
과가 나오지 못하고 일주일에 걸쳐 개표가 이루어졌습니다. 법정으
로 넘어가지 않게 하기 위해 개표가 신중히 이루어졌고, 김 의원이
300,000개의 투표수 중 3,900표 차이로 당선되었습니다. 당선 파티
는 민주당과 한인 사회에 정말 큰 행사였고, 저는 축하 연설을 했습
니다. 솔직히 저는 이날 만난 브라이언을 대학생이라고 생각했습니
다. 그러나 그는 고등학교 1학년이었습니다.

몇 달 후 브라이언은 제 사무실에 인턴으로 지원하였습니다. 저는
브라이언의 이력서와 에세이에 감동해 그를 뽑았습니다. 에세이에
서 저를 가장 사로잡은 것은 버겐 아카데미 고등학교에서 어느 교사
의 "한국인을 싫어한다."라는 인종차별적인 발언에 대항한 브라이언
의 행동들이었습니다. 브라이언은 인종차별 발언을 하는 교사에 대

항하여 학생들을 모으고, 서명을 받고 학교 당국 월례회에 가서 이 논란에 대해 발언하였습니다. 그는 한인 사회를 위해 일어서고 목소리를 내었습니다. 결국 해당 교사는 더 이상 학생을 가르칠 수 없는 자리로 옮겨졌습니다.

브라이언은 2019년 여름에 제 사무실에서 일하기 시작했습니다. 그는 전공을 선택해 공부하는 특목고에 재학 중이었습니다. 정치인 오피스에서의 인턴은 그리 화려한 일이 아닙니다. 많은 전화를 받고, 이메일을 써야 하고, 파일 정리를 해야 합니다. 제 생각엔 이 인턴쉽이 브라이언에게 정부와 주민들을 상대하는 방법에 대해 많이 배울 수 있는 기회가 된 것 같습니다. 브라이언은 일을 하는 동안, 저의 보좌관에게 전문 문법과 용어 그리고 글쓰기를 많이 배우고 성장했습니다. 저는 브라이언이 성공을 향한 길로 가고 있다는 것을 알았습니다.

브라이언은 아시안 청소년 협의회를 만들었고, 저는 발대식 날 다시 그와 무대에 서게 되었습니다. 이 단체는 브라이언이 몇 년째 계속하고 있는 반인종차별을 위한 싸움의 토대가 되었습니다. 이 단체는 많은 청소년들이 아시안 커뮤니티에서 일어나는 중요한 사안에 대해 논의하고, 계획을 짜고, 행동을 취할 수 있는 자리를 만들어주었습니다. 제가 이런 훌륭한 단체의 시작에 초대되어 연설할 수 있었다는 것이 영광이었습니다.

저는 브라이언이 살아가며 더욱더 대단한 일들을 할 것이라고 확신합니다. 그는 고등학교 졸업도 하기 전에 자서전을 쓰기 시작했습니다. 이 책은 아마 브라이언이 해내는 더 대단한 업적들 때문에 수없이 수정되고 고쳐져야 할 것입니다. 제가 그의 삶의 여정에 작은 일부가 될 수 있다는 것이 영광입니다.

GORDON M. JOHNSON
SPEAKER PRO TEMPORE
ASSEMBLYMAN, 37TH DISTRICT

NEW JERSEY LEGISLATURE

545 CEDAR LANE
TEANECK, NJ 07666
PHONE: 201-928-0100
FAX: 201-928-0406

I first met Brian at Representative Andy Kim's victory party, where he was the emcee. Rep. Kim was the first Korean-American Representative elected in New Jersey. Rep. Kim just beat Rep. MacArthur by a slim margin. The election was so tight that it was not decided on election night. It took a week to count mail in ballots, provisional ballots and decide whether the election result was worth challenging in courts. Rep. Kim won by 3900 votes out of over 300,000 cast. This was a big celebration for democrats and the Korean community and I made a speech at the event. Honestly, when I met Brian, I thought he was a college student. He was actually a sophomore in high school.

A few months later, he applied to intern at my office. I was very impressed by his resume and the essay he wrote to convince me to allow him to intern. It was his advocacy in responding to an incident at Bergen County Academies in which a teacher said that they hated Koreans which caught my attention. In response to this teacher's hateful comments, he gathered petitions, organized students, and spoke at a Board of Education meeting. He was standing up for his community and learning in the process. In the end, the teacher was reassigned to a non-teaching role.

Brian came to intern in my office in the summer of 2019. He was in a specialized technical high school program where students could choose from several majors. Interning in a district office is not glamourous work, it's answering phones, writing emails, and filing. I think the internship taught Brian a lot about a government and dealing with the general public who call and walk into their legislators' offices. I know that my staff has enhanced Brian's grammar skills and improved his writing skills over the months that he was there. I knew he was headed for success.

I again shared the stage with Brian when he started the Asian-American Youth Council and the Council had its first meeting. The Asian American Youth Council gives a structure to the anti-racism work that the Brian has been doing for years. It allows young people a forum to discuss, coordinate, and take action on issues important to the Asian community. I was honored that he invited me to speak at their kick-off event.

I am certain that Brian is headed for great things life. He hasn't even graduated from high school and he is already writing an autobiography. It will have to be amended many times throughout his life as he achieves greater and greater things. It will have been honor to be a small part of his journey.

마크 지나 시장 추천사
"세상에 선한 영향력을 끼치는 진지한 사람."

저는 브라이언과 뉴저지 헤켄섹에 위치한 버겐 카운티 민주당사에서 진행한 정치적 모임에서 처음 만났습니다. 그를 처음 보았을 때 가장 놀라웠던 것은 브라이언과 아시안 아메리칸 청소년 협의회(Asian American Youth Council, AAYC) 멤버들의 성숙함과 전문성이었습니다. 브라이언과 단체 멤버들은 진지한 사람들이었습니다.

역사가 늘 보여주듯, 참여하는 사람이 법을 만듭니다. 브라이언과 AAYC 멤버들은 사회적 인식을 높이고 정치적 권리를 행사하기 위해서는 이런 정치적인 활동에 참여해야 한다는 것을 알고 있습니다. 청소년들 스스로가 자신이 배워야 할 것을 알고 그들 주변의 세상을 바꾸기 위해 준비하는 모습은 저에게도 큰 힘이 되었습니다.

2019년도 시장 선거에 출마하는 동안, 유세에서 AAYC로부터 받은 지지와 도움은 정말 자랑스러운 일이자 행운이었습니다. 제가 시장으로 선출될 수 있었던 것은 브라이언과 그의 멤버들이 저희 시에 있는 아시안 커뮤니티를 상대로 저의 선출을 위해 중요한 역할을 수행한 덕분입니다.

브라이언은 저를 AAYC 발대식의 연설자로 초대했습니다. 단체의 고문이었던 저에게 그의 초대는 큰 기쁨이 되었습니다. 저는 청소년의 사회 참여와 그들의 목소리가 세상에 들리기를 격려하며 용기를 주는 연설을 했습니다.

이 글을 쓰는 지금, 저희는 코로나 19 팬데믹으로 인해 자가 격리 중이며 경제적으로도 어려움을 겪고 있습니다. 이런 상황에서도 AAYC는 아시안을 향한 증오 범죄를 예방하고 알리기 위해 노력하며, 최전방에서 일하는 분들에게도 의료 용품을 지속적으로 기부하고 있습니다.

저희 도시에서 아시안이 차지하는 인구 비율은 약 20% 정도입니다. 브라이언과 AAYC 멤버들의 활동은 정치 참여의 중요성에 대한

마크 지나 시장 추천사

인식을 높이며 테나플라이시에 많은 영향을 미쳤습니다. 제가 시장으로 선출된 해에는 저희 시의원 중 유일한 아시안이었던 분이 재당선 되었습니다. 저는 제가 시장으로서 일하는 첫 몇 달간 기획위원회, 재정 및 도시 기획위원회, 그리고 지방 법원 판사까지 아시안으로 임명한 것을 자랑스럽게 생각합니다.

이 책으로 인해 많은 이들이 영감을 얻고 브라이언을 본받아, 정치적으로 목소리가 잘 드러나지 않는 사람들을 지지하고 대변하는 일이 많아지길 바랍니다.

Borough of Tenafly

100 RIVEREDGE ROAD
TENAFLY, NEW JERSEY 07670
(201) 568-6100

Brian Jon and I first met while attending a political meeting at the Bergen County Democratic headquarters in Hackensack, New Jersey. What struck me immediately about Brian, and the other members of the Asian American Youth Council, was the level of maturity and professionalism that they exhibited. Brian and the Council members are serious people.

As history has demonstrated over and over, the people who show up make the rules. Brian and the Asian American Youth Council movement understand that in order to raise social awareness and exercise political rights you have to be engaged in the political process. It is encouraging to see a group of young citizens educating themselves and recognizing that they have to prepare to have an effect on the world around them.

In 2019, while running for Mayor, I was proud and fortunate to have the support of the Asian American Youth Council in my campaign. Brian and his team played a major role in the outreach to the Asian community in our town which resulted in my ability to win the election.

Brian invited me to speak at the AAYC kickoff ceremony. As an advisor to the Council, I was pleased to do so. The message I shared with the young attendees at the ceremony was one of encouragement, extolling them to get involved in public life and have their voices heard.

As we write this, we are in the midst of the COVID-19 pandemic, quarantined and reeling from economic damage. Even so, the Asian American Youth Council continues to support the community by raising awareness to prevent Asian hate crimes and by donating medical supplies to the front line workers.

In my community, approximately twenty percent of the residents are of Asian ancestry. Brian and the AAYC's work raising awareness about the importance of political inclusiveness has had impact in Tenafly. In the same year I was elected Mayor, our only Councilperson of Asian ancestry was reelected to the Tenafly Council. During the first few months as Mayor, I am proud to have appointed individuals of Asian ancestry to the Planning Board, the Finance and Downtown Improvement committees, and most recently, as Municipal Court Judge.

It is my hope that this book will inspire others to follow Brian's example and become active in speaking up in support of those whose voices are under-represented in our political establishment.

Best wishes,

Mark Zinna
Mayor

원혜경 교장(뉴저지 훈민학당 한국학교) 추천사
"브라이언은 자랑스러움을 넘어 그 이상이다."

2017년 가을. 뉴저지에서는 한인들의 분노를 사게 한 사건이 일어났다. 이곳 최고의 특목고인 버겐 아카데미 고등학교에서 한 교사가 한국인을 싫어한다는 발언을 수업 시간에 한 것이다. 이에 한인 단체들이 모이기 시작했고, 이를 항의하기 위한 움직임이 여기저기서 시작되었다.

교육자인 나의 가슴을 아프게 했던 건 가장 똑똑한 학생들이 모였다는 학교에서조차 그 누구도 교사에게 항의하거나 자신들의 목소리를 내지 않는 한인 2세들의 현실을 목격한 것이다. 그즈음 들려오는 이야기가 있었다. 한 학생이 교장에게 서한을 보내고 서명운동을 하고 있다는 것이었다. 그 학생이 누구인가 궁금했고, 만나서 응원과 격려를 해주고 싶었다.

학교 당국 월례회 날이 되었다. 단상에는 교육감, 교육위원을 포함, 학교 관계자들이 열 명 넘게 객석을 바라보며 앉아있었다. 객석에는 백 명이 넘는 한국 사람들이 참석하고 있었다. 분위기는 엄숙했고, 그 자리에서 누군가 그들에게 우리의 뜻을 전달하는 건 결코 쉬운 일이 아니었다. 월례회가 시작되었고 아직 앳돼 보이는 남학생이 양복을 입고 손에는 커다란 서류 봉투를 들고 단상 앞으로 나갔다. 전혀 기죽지 않고 당당하게 본인 소개를 하고 해당 교사의 인종 차별을 요목 조목 설명한 후 1,500명이 서명한 종이를 학교 측에 전달하였다. 그 학생이 바로 브라이언이었다.

회의가 끝난 후 브라이언에게 다가가 교육자로서 미안함과 감사한 마음을 전했다. 그때 또 한 번 나를 놀라게 한 것은 너무나 완벽한 브라이언의 한국어 실력이었다. 한국어를 교육하는 교육자로서 브라이언과의 첫 만남은 자랑스러움을 넘어선 그 이상의 것이었다. 이제 막 고등학교를 입학한 어린 학생이 얼마나 어깨가 무거웠을까 생각하니 마냥 기쁘지만은 않았다.

그 후 브라이언은 단체를 만들어 뜻있는 한인 고교생들을 모아 위안부 기림비 홍보, 선거 독려운동 등 다양한 활동을 통해 한인 학생들에게 그들의 정체성을 고양하는 역할을 했다. 2년 동안 한인 차세대를 성공적으로 이끈 후 이에 머무르지 않고 더 나아가 아시안의 목소리를 대변하는 단체인 AAYC(Asian American Youth Council)를 만들었다. AACY 창립식에는 이례적으로 미 주류 정치인들이 대거 참석하여 많은 관심을 보여주었다.

3년 동안 브라이언을 지켜보며 젖살이 통통하기만 했던 어린 녀석의 추진력과 행보가 교육자인 나에게 항상 자극과 동기부여가 되었던 것을 기억한다. 그런 맥락에서 책을 낼 것을 권했을 때 브라이언은 "제가 명문대에 입학한 사람도 아닌데 누가 제 책을 읽겠어요?"라며 겸손하게 거절했다.

그가 가지고 있는 확고한 정체성과 사회의식을 많은 부모와 한인 2세들이, 더 나아가 대한민국을 대신해 애국하고 있는 이 학생의 이야기를 우리는 모두 알아야 한다. 내 아이만 공부 잘하고 명문대에 가면 모든 게 성공했다고 으스대는 부모와 그것을 성공이라고 칭송하는 현 세태에 브라이언의 책은 우리를 돌아보고 반성하는 기회가 될 것이다.

프롤로그
"운이 좋은 아이였다."

"다음에는 무슨 색을 할 거니?"

중학교 때 교장 선생님은 핑크색인 나의 머리를 보고 이렇게 말씀하셨다. 내가 머리를 염색한 이유는 사람들에게 이목을 끌고 관심을 받고 싶었기 때문은 아니었다. 물론, 학교에 불만이 있어서도 아니었다. 내가 핑크색으로 머리를 염색하면 '친구들이 내 머리를 따라 할 거야.'라는 생각도 해보지 않았다. 그저 난 '이모를 위해 무엇을 하면 좋을까?'를 고민하였고, 그 고민 중에 핑크색 머리를 생각해 냈다.

이모가 유방암에 걸리면서 가족들은 모두 이모를 걱정하는 마음으로 힘들어했다. 유방암 판정 후 치료를 받는 과정은 어린 내가 보기에도 참으로 고통스러운 과정이었다. 암과 싸움을 하고 있는 이모를 보면서 나도 무엇인가를 같이 하고 싶다는 마음을 갖게 되었다.

유방암의 상징은 핑크리본. 하지만 나는 단순히 리본을 가슴에 다는 것보다 이모에게 더 큰 용기를 줄 수 있는 보다 적극적인 행동을 해보고 싶었다.

'유방암 캠페인에 동참하는 의미로 머리를 핑크색으로 염색하면

사람들 눈에 쉽게 띌 거고 그러면 유방암에 대해서 관심을 갖게 될 거야.'

이런 생각과 동시에 바로 머리를 핑크색으로 염색했고, 내 생각대로 친구들과 사람들은 염색한 내 머리에 관심을 갖기 시작했다. 핑크색 머리가 예쁘다는 아이부터, 핑크색으로 염색한 이유를 묻는 아이까지 친구들의 관심은 폭발적이었다. 그리고 점점 시간이 흐르면서 우리 학교에는 나를 포함해 핑크색 머리들이 차츰 더 많이 눈에 띄기 시작했다. 친구들이 하나, 둘 핑크색 머리로 변해가고 있을 때 교장 선생님은 지나가면서 나에게 말씀하셨다.

"네가 학교의 패션을 리드하는 구나. 재미있는 현상이야. 다음에는 무슨 색을 할 계획이니?"

나의 삶의 많은 부분은 이런 식이었다. 내가 의도하지도 그리고 계획하지도 않았지만 내가 무엇인가 의미를 두고 행동을 하면 그것이 주변 사람들에게 영향을 주었다.

어린 시절 나의 꿈은 축구 선수, 의사, 연주가, 패션전문가 등등 다양했다. 여러 가지를 하고 싶은 마음 때문이었는지 한 가지를 아주 뛰어나게 잘하지는 못했지만 내가 관심을 갖고 열심히 하기만 하면 운이 따랐고, 잘하게 되는 경우도 많았다. 다리 치료를 위해 시작한 수영은 좋은 시설과 코치가 집 가까이에 있었고, 그 덕분에 수영의 모든 유형을 잘할 수 있게 되었다. 건강하기 위해서 시작했지만 12살에는 주니어 올림픽에 출전해 여러 개의 골드 타임 기록을 가지게 되었다.

초등학교 3학년 때 시작한 트롬본은 연주하기가 어려운 악기라서 사람들이 도전하는 것을 꺼린다. 하지만 나는 수영을 해서 그런지 부는 힘이 좋아 또래 아이들보다 잘한다는 이야기를 들었다. 그 덕분에 네 개의 초등학교 연합 졸업 공연에서 관악기로는 유일하게 독주를 하기도 했고, 4학년 때부터 중학교 팀에 합류해 연습을 했다. 지금까지도 트롬본은 특별한 연습이 없이도 학교 밴드 수석 트롬본 자리를 유지하고 있다.

미술도 여러 개의 수상 경력을 가지고 있다. 어린 시절 엄마가 가끔 문화센터 같은 곳에 데리고 가서 그룹으로 그림을 그리게 해주셨다. 그림을 전문적으로 배우는 것이 아니라 가끔 가서 친구들과 같이 그림을 그리고 어울려 노는 것이 재미가 있었다. 그렇게 그렸던 그림으로 3학년 때는 카운티 대회에서 수상을 했고, 5학년 때는 시(city) 대회에서 수상을 했다. 6학년 때는 카운티 전체 일등상을 받았다. 그림을 잘 그린다기보다 주제 콘셉트를 잘 잡아서 했기 때문에 수상을 했던 것 같다.

나에게 많은 기회가 있었고, 도전이 있었다.

노래도 수상 경력을 가지고 있다. 어릴 때부터 교회를 다니면서 교회 찬양팀에서 활동을 했다. 교회에 나가는 것이 좋았고, 친구들과 함께 어울려 노래를 부르는 것이 즐거웠다. 개인적으로 대회에 나가 수상을 하면서 링컨 센터에 설 수 있는 기회도 가졌다. 그 후에는 변성기가 오면서 노래보다는 랩에 관심을 갖게 되어 친구들과 모여 랩을 하게 되었다. 6학년 때 친구와 Tenafly K-pop 대회에 참가해 우승을 했고, 우승한 덕분에 초대를 받아 가끔씩 공연도 했다.

그 후에는 뉴저지 K-pop 콘테스트에서 사회를 맡게 되는 행운도 있었다. 내가 큰 무대에 사회자로 설 수 있었던 것은 한국말을 유창하게 잘한다는 이유로 제안을 받았고, 그 일은 나에게 흥미로운 큰 떨림이었다. 한국 연예인의 등용문으로 많은 사람이 관심을 두고 있는 대회에서 사회자로 사람들 앞에 선다는 것은 쉬운 일은 아니었다. 사회자로 서달라는 제안을 받았을 때 '과연 내가 잘할 수 있을까?' 하고 고민했지만 놓치고 싶지 않은 기회이기도 했다. 무대에 오르기까지 많은 연습을 하였고, 그 연습은 콘테스트 사회를 무사히 마칠 수 있는 힘이 되어주었다. 그 이후 미국 최초 한인 Andy Kim 연방 하원의원 당선 축하파티에서도 영어 사회를 보게 되었다. 전문 영어 사회자분이 목감기가 심하게 걸리면서 사회를 볼 수 없게 되어 나에게 기회가 주어졌던 것이다.

나에게는 많은 기회가 있었고, 도전이 있었다. 기회가 있을 때마다 나는 물러서지 않았고 도전했다. 운동, 음악 그리고 미술 분야에서 나의 기량을 펼칠 수 있었던 것은 나에게 온 기회를 두려움 때문에 포기하고 싶지 않았고 그래서 최선을 다해 연습하고 도전하였기 때문이라고 생각한다. 고등학교(9학년) 입학 후 인종차별 사건이 일어났을 때도 나는 소신 있게 행동했고, 행인이 길거리에서 갑작스럽게 쓰러지는 것을 목격했을 때도 난 그냥 지나치지 않았다.

친구들은 이런 나에게 운이 좋은 아이라고 이야기한다.

"하필 네가 입학할 때 인종차별 사건이 터지고, 네가 길을 걸어갈 때 행인이 쓰러지냐?"라고.

나를 변화시키고 나를 성장하게 했던 이런 기회들이 친구들의 농담처럼 운이 좋아서 생긴 일일 수도 있다. 하지만 나는 그렇게 우연히 생기는 일이라도 그냥 지나치지 않았고 늘 내 앞에 놓인 상황과 주어진 현실에 충실하기 위해 행동했다. 내가 했던 이러한 행동들이 지금의 나를 만들었고, 앞으로도 나는 소신 있게 내 앞에 주어진 기회를 그냥 지나치지 않고 도전할 것이다.

책을 한번 써보라는 주변의 권유를 받고 많이 망설였다. 어떤 대학에 진학하고 또 앞으로 무슨 일을 하게 될지 아직 모르는 미완성의 고등학생이 무슨 이야기들로 책을 채울 수 있을지 고민이 되었기 때문이다. 그러나 내가 살아온 삶이 나는 그저 평범하다고 생각했지만 나의 이야기를 책으로 써보라는 주변의 계속적인 권유에는 내 생각과 다른 어떤 이유가 반드시 있을 것이라는 생각이 들기 시작했다. 그래서 만약 그동안 내가 했던 다양하고 소신 있게 행동한 일들의 이야기가 누군가에게 작은 희망과 도전 그리고 힘이 될 수 있다면, 어떤 누군가에게는 긍정적인 삶의 변화를 줄 수 있다면 책을 쓰는 의미가 있지 않을까 하는 생각에 써보기로 결심하게 되었다. 그리고 깨달은 것은 이 또한 내 앞에 다가온 또 다른 기회이고 도전이라는 것이다. 그리고 나는 이 기회와 도전을 이번에도 그냥 지나치지 않기로 했다.

1

"I hate Korean"

2017년 9월 7일. Bergen County Academies 11학년 학교 첫 수업 스페인어 시간이었다.

스페인어를 가르쳤던 선생님은 교실에 있던 학생들에게 어디 출신인지를 물었다.

"어느 나라 사람인가?"
"저는 중국인입니다."
"나도 중국인이다. 나는 중국인을 좋아한다."
그 선생님은 중국인과 히스패닉계 혼혈이었다.

"어느 나라 사람인가?"
"저는 일본인입니다."
"나는 스시를 좋아한다."

"어느 나라 사람인가?"

"저는 한국인입니다."

"나는 한국인을 싫어한다."

그 수업에는 다섯 명의 한국 학생이 있었다.

해당 교사는 네 명의 한국 학생이 한국인이라고 할 때마다 반복하였다.

"I hate Korean."

다섯 번째 한국 학생에게 물었다.

"어느 나라 사람인가?"

"저는 중국입니다. 아니 죄송합니다. 저는 한국인입니다."

다섯 번째 학생이 이렇게 말하자 그 선생님은 또다시 반복했다.

"나는 한국인을 싫어한다."

그다음 다른 반 스페인어 시간이었다. 선생님은 수업을 시작하기 전에 이렇게 말했다.

"여기에 한국 사람이 있으면 손을 들어봐."

여러 명의 아이가 손을 들었다.

"음…. 나는 한국인을 싫어한다."

한국 학생들이 있는 곳에 그 교사도 함께 있게 하는
학교의 해결책을 받아들일 수 없었다.

Bergen County Academies는 뉴저지에 있는 최고의 특목고이다. 지역마다 합격하는 학생 수의 제한이 있다. 내가 사는 타운에서는 매년 100명 이상이 지원하지만 합격하는 인원은 5~7명 정도다. 학교별로 나름 똑똑하고 성적이 좋은 학생들이 시험과 인터뷰를 거쳐서 들어오는 학교다. 한국인을 싫어한다고 한 선생님은 그런 학교의 11학년 스페인어 선생님이었다.

한국인을 싫어한다는 이야기를 들은 몇 명의 학생들이 교장 선생님에게 이야기를 하였고, 그 이야기를 들은 교장 선생님은 그 스페인어 선생님을 9학년과 10학년을 가르치는 반으로 옮기게 해 수업하도록 했다. 그렇게 사건을 마무리하려 한다는 소식을 나는 그 학교 친구들을 통해서 듣게 되었다.

나는 이해할 수 없었다. 해당 교사로부터 모욕적인 이야기를 들은 한국 학생들이 있는 곳에 그 교사도 함께 있게 하는 학교의 해결책을 받아들일 수 없었다. 단지 반을 옮기는 것으로 사건을 덮으려고 하는 학교 측의 태도가 안일하다는 생각이 들었다.

선생님을 학교에 그대로 근무하게 한 상태에서 그 학교 학생들이 사건에 대해서 항의를 한다는 것은 어려운 일이다. 이런 인종차별적

혐오 발언을 한 교사를 그 학교에 둔다면 앞으로도 이런 사건은 반복되거나 한국 학생들이 불이익을 당하게 될 것은 당연한 일이었다. 그 해당 선생님이 학교에 근무하지 않게 하는 것이 필요했다. 그러기 위해서는 강력한 방법이 필요하다고 생각했다.

'언론을 집중시키는 것도 하나의 방법일 수 있어. 그렇다면 학교가 끝나는 시간에 Bergen County Academies 앞에 찾아가 1인 시위를 하는 것은 어떨까?'

이를 위해서는 엄마에게 동의를 구하는 것이 필요했다. 그날 저녁 집에 가서 그 학교에서 일어난 일에 관해 설명해 드리고 내가 하려고 하는 것에 대한 뜻을 전했다.

퇴학을 당하지 않아도 네가 학교를 스스로
그만두어야 하는 상황이 올 수도 있다.

"너희 학교도 교장 선생님이 백인이고, 두 학교가 같은 재단이라 이 일로 인해 네가 학교로부터 불이익을 당할 수가 있어. 시험을 봐서 어렵게 들어간 학교인데 네가 굳이 입학하자마자 다른 학교 일에 나설 필요가 있을까?"

나를 걱정하는 엄마의 말은 틀리지 않았다. 하지만 나는 부당하고 차별적인 발언에 가만히 있으라는 엄마의 말이 내심 서운하게 들렸다.

"엄마가 두려워하는 게 뭐야? 내가 퇴학당하는 거야?"

"퇴학을 시키지 않더라도 분위기상 너 스스로 학교를 그만둬야 하는 상황이 올 수도 있어."

"그런 일로 퇴학시킬 학교라면 다른 학교로 옮기는 게 맞지. 누군가는 해야 할 일이잖아."

나는 내 뜻을 굽히지 않았다. 엄마의 걱정은 알지만 학생들에게 그런 이야기를 서슴없이 하는 선생님을 학생들이 다시 만나도록 하는 일은 없어야 한다고 생각했다. 이런 나의 굳은 의지에 엄마는 현명한 방법을 제안했다.

"네 뜻이 그렇다면 해. 그런데 학교 앞에서 1인 시위를 하는 것은 네가 얻고자 하는 결과를 얻을 수 없을 거야. 먼저 학교에 정식으로 항의 서한을 보내고 추후 방법을 생각해 보자."

나는 Bergen County Academies 교장 선생님에게 항의 서한을 보냈다. 교장 선생님으로부터의 답변은 없었다. 내가 예상했던 대로였다. 나는 그다음 행동에 돌입했다. 해당 교사의 해임을 요구하는 나와 뜻을 함께하는 사람들의 서명을 받기로 한 것이다.

서명운동은 다방면으로 이뤄졌다. 학교의 학생뿐만이 아닌 엄마의 친구분들, 내 친구의 부모님들에게까지 서명을 받았다. 마트에서 서명운동을 받기도 했다. 마트를 지나가는 사람들에게 서명을 부탁했다. 사건에 대해서 모르는 사람도 있을지 몰라 사건 내용을 설명하고 그다음에 서명을 하도록 했다. 그렇게 1,500명이 서명에 참여

해 주었고, 받은 서명지를 가지고 해당 교육청 월례회에 가서 전달
했다.

> *졸업생들은 예전에 터졌어야 하는 일이*
> *이제야 터졌다고 말했다.*

1,500명의 서명을 받기까지 그리 쉽지만은 않았다. Bergen
County Academies 고등학교에서도 두 부류의 반응을 보였다. 9학
년과 10학년 학부모들과 학생들은 선생님의 인종차별 발언에 항의
하며 적극적으로 서명에 동참해 주었다. 하지만 11학년과 12학년의
학생들과 학부모들은 대학에 진학하는 문제가 있어 서명하는 것을
조심스러워했다.

인종차별을 한 선생님은 농담스타일이 원래 그런데 그걸 가지고
문제로 삼는다고 말하는 사람도 있었다. 그날 교실 분위기가 농담으
로 웃고 끝났다며 별일 아니라고 말하는 한국인들도 있었다. 나에게
그만두지 않으면 가만히 있지 않겠다는 협박성 문자를 보낸 사람들
도 있었고, 협박하는 말을 하는 사람들도 있었다.

이런 사람들 속에서 나를 가장 슬프게 한 사람들은 바로 해당 학
교 한국 사람들이었다. 한국인을 싫어한다고 이야기한 것은 그 선생
님의 농담이라며 옹호하는 사람도 있었고, 별거 아닌 일을 크게 만

들어 한국인의 이미지를 안 좋게 만든다는 말을 하기도 했다. 한국인에 대한 무시 발언을 했음에도 그 선생님 편에서 도리어 나를 비난하는 그 사람들을 보는 것이 나를 힘들게 했다.

똑똑한 수재들이 모여있다는 학교에서 교사가 여섯 번이나 "I hate Korean."이라고 말해도 농담이라고 옹호하는 부모들을 이해할 수 없었다. 교사의 혐오 발언에도 녹음하거나 촬영도 하지 않고, 어른과 스승을 공경하라고 배우는 한국인에게는 교사가 어떤 이야기를 해도 당연하게 받아들이는 슬픈 현실이 가슴 아팠다.

하지만 다양한 인종이 모여 사는 미국은 영어 시간에 영어로 말하라는 것만으로도 인종차별이라고 항의할 수 있는 나라다.

이 일이 있기 얼마 전에 다른 학교에서 영어 시간에 스페인어로 떠드는 학생에게 교사가 "Speak in English."라고 말했다. 이에 대해 학생들이 핸드폰으로 촬영하고 모든 학생이 교실에서 나와 교사가 인종차별 발언을 했다고 항의했다. 이 때문에 교사가 해임되는 일이 있었다.

이런 나라에서 한국인에 대한 인종차별 발언을 넘어 '싫어한다'는 혐오 발언을 했음에도 이에 대한 인식이 없다는 것이 안타까웠다.

그리고 이미 해당 발언을 한 선생님은 오래전부터 한국인에 대한 비하 발언을 서슴지 않았던 분이었다. 서명운동 중 만난 졸업생들은 예전에 터졌어야 할 일이 이제야 터졌다고 하기도 했다.

학생이 우리 학교 학생이라는 것이
자랑스럽습니다.

　사건이 재이슈화되면서 많은 단체와 한국 사람들이 이 사건에 대해서 알게 되었다. 많은 한국 사람들이 격분하였고, 교육청 월례회에는 100명이 넘는 한국 분들이 참석하게 되었다.

　서명지를 가지고 간 교육청 월례회에는 교육감, 교육위원과 학교 관계자들이 열 분 넘게 앉아있었고, Bergen County Academies 교장 선생님과 내가 다니는 Bergen County Technical 고등학교 교장 선생님도 와 계셨다.

　그동안 나를 멈추게 하려는 여러 도전에도 용기를 잃지 않던 내가 우리 학교 교장 선생님을 그 자리에서 보니 많이 긴장되었다. 내 긴장감을 눈치챈 엄마는 나에게 용기를 주었다.

　"Brian, 절대 너희 교장 선생님과 눈을 마주치지 말아라. 너에게 불이익이 있으면 내가 너를 학교에 안 보낼 테니 아무 걱정하지 말고 네가 하고 싶은 말을 자신 있게 전달해."

　나는 1,500명의 목소리가 담긴 서명지를 손에 들고 앞으로 나가 단상에 섰다.

　"해당 선생님은 '나는 한국인을 싫어한다'고 발언했습니다. 나도 한국인입니다. 나를 비롯한 많은 한국인이 모두 피해자입니다. 선생님의 발언은 엄연한 혐오 범죄이고, 인종차별입니다. 만약 선생님이

"I hate Korean"

31

나는 흑인을 싫어한다거나 나는 유대인을 싫어한다고 했다면 어떤 결과가 있을지 우리는 모두 상상할 수 있습니다. 나는 한국 학생들이 공부하는 그 학교에 해당 선생님이 남아서 교육하는 것은 충분한 처벌이 될 수 없다고 생각합니다. 한국 학생들에게 안전한 교육 환경을 만들어줄 것을 요청합니다."

월례회에서 나는 학생들을 위한 안전한 환경이 보장될 수 있도록 요구하였고, 더 이상 해당 선생님이 학교에 남아서 한국 학생들을 위협하는 혐오 발언을 하지 않도록 해야 한다고 주장했다. 그리고 1,500명의 서명지를 전달했다.

월례회에 참석했던 많은 사람이 박수를 통해 나의 주장에 동의해 주었다.

월례회를 마친 후 내가 다니는 Bergen County Technical 고등학교 교장 선생님이 내게 다가와 나에게 악수를 청하며 말씀하셨다.

"이름이 Brian이라고 했나요? 나는 학생이 우리 학교 학생인 것이 자랑스럽습니다."

지금 기억해 보면 교장 선생님은 이 칭찬을 후회하셨을지도 모르겠다. 나는 학교생활을 하며 교장 선생님 결정에 이의를 제기해서 교장 선생님을 피곤하게 하는 학생이었기 때문이다.

월례회 후 교육청에서는 상의 후에 결과를 알려주겠다고 했다. 그리고 다음 날 해당 선생님은 교사가 아닌 학교 밖 다른 부서로 옮겨 서무업무를 보게 됐다. 더 이상 학교에서 학생들을 가르칠 수 없게 된 것이다.

해당 교사가 학생들을 가르칠 수 없게 된 것은 큰 수확이라고 할 수 있지만, 교육기관에 계속 남아서 일한다는 것은 만족할 만한 결과는 아니었다. 학교 측의 설명은 학교 노조와 관련해서 해임이 쉽지 않다는 것이었다.

문제는 학교 측은 해당 교사의 인종차별 발언과 혐오 발언에 대해 인정하지 않았다. 단지 해당 교사가 교육 방법이 부주의하고 미숙하기 때문에 다른 부서로 옮긴다고 설명했다.

해당 교사가 해임되어 더 이상 인종차별 발언이나 한국인에 대한 혐오 발언을 하지 않도록 해야 각성하지 않았을까 하는 아쉬움은 있다. 하지만 학생들을 만나지 못하게 한다는 것만으로 만족해야 했다.

나는 겨우 고등학교에 막 입학한 9학년이었다.

이번 사건으로 나는 한국인으로서 목소리를 내야 한다는 필요성을 알게 되었다. 어른들을 공경하고, 특히 스승들이 하는 이야기는 어떤 이야기라도 참아야 하고 나서지 말아야 하는 것을 미덕이라고 생각하는 한국인의 의식이 예의 바른 모습일 수 있다. 하지만 때로는 문제를 제기하는 사람들에게는 적이 될 수 있다는 것을 몸소 체험할 수 있었다.

부모님들의 교육 방침으로 한국인들의 적이 바로 한국인이 될 수도 있다는 현실이 안타까웠고, 이를 해결해야 한다는 생각이 들었다. 그렇지 않으면 같은 문제가 발생했을 때 또다시 한국인이 한국인을 공격하게 되는 상황이 반복될 것이다.

다양한 인종이 모여 사는 미국에서 한국인의 목소리를 내고 한국인의 권리를 찾기 위해서는 우리의 힘을 키우는 것이 중요하다. 많은 2세 학생들이 한국말을 잊고 스스로를 미국사람이라고 생각하며 산다. 그러나 우리는 결코 그들이 생각하는 파란 눈의 미국인이 될 수 없다. 스스로 미국인이라고 생각하는 그 친구들도 아시안 혐오의 대상에서 벗어날 수 없다. 이번 사건처럼 우리가 불이익을 당할 때 함께 목소리를 내줄 커뮤니티가 필요함을 절실히 느꼈다. 그래서 학생들로 구성된 한인 차세대 단체를 만들었다. 이 모든 일이 나를 변하게 하고 성장시켰지만 나는 겨우 고등학교에 막 입학한 9학년이었다.

[뉴욕 중앙일보]
2017/12/13 미주판 1면 기사입력 2017/12/12 17:58

👍 좋아요

버겐아카데미 인종차별 사태
학군 회의서 한인들 성토
교육위원회 오늘 입장 발표

12일 열린 뉴저지주 버겐카운티테크니컬스쿨 학군 교육위원회에서 한인 고 교생 브라이언 전군이 교육위원들에게 교사의 인종차별 발언 사건에 대한 입 장을 밝히고 있다.

[뉴욕 중앙일보]
2017/11/28 미주판 3면 기사입력 2017/11/27 18:43

👍 좋아요

│ 버겐아카데미 교장에 서한 보낸 브라이언 전 군

버겐테크니컬 고등학교 9학년 브라이언 전군이 버겐아카데미 고교 교장에게 보낸 서한을 들어 보이며 교실 내 인종차별 발언에 대한 학교 측의 재조사와 합당한 조치를 요구하고 있다.

같은 학군 내 버겐테크니컬고교 재학
"학교는 다르지만 남의 일 같지 않아
내달 교육위원회에도 문제 제기할 것"

▲ 인종차별 사건 내용을 담은 뉴욕 중앙일보 기사. 당시 사건은 신문 1면에 실릴 만큼 큰 이슈였다.

"I hate Korean"   35

2
나를 대장이라고 불렀다

"성인이 되면 무릎 아래 다리를 절단해야 할지도 모르겠습니다."

혈관기형으로 진단을 내린 후 의사 선생님이 한 말이었다. 어린 나이었지만 의사 선생님이 한 말이 무엇을 뜻하는지는 대충 알 수 있었다. 그 말을 듣고 우는 엄마의 모습을 보고 나는 무서웠고 큰일이 일어났다는 것을 알았다.

나는 아픈 아이였다. 5살 때 혈관기형이라는 판정을 받았다. 혈관기형에는 정맥, 동맥, 림프성 혈관기형들이 있다. 나는 정맥성 혈관기형으로 왼쪽 다리의 근육 자리 대부분을 혈관이 차지하고 있다. 다리에 혈관이 많아서 비대해지게 되어 제대로 걷지 못하게 되는 질환이다. 나는 한쪽 다리에 있지만 다른 환우들은 얼굴, 팔, 또는 안 보이는 몸 안쪽에 있어 성장 후 갑자기 비대해지기도 한다. 매우 드물게 나타나는 선천성 기형으로 대부분은 원인을 알 수 없는 경우들이 많다.

엄마의 설명에 따르면 태어날 때 찍은 발 도장 잉크가 시간이 지나도 발바닥에서 지워지지 않아 이상하다고 생각했다고 한다. 그리고 엉덩이 몽고반점이 유치원에 갈 때까지 남아있어서 의아해했다. 하지만 특별히 어디가 아프지 않아서 질환이 있다는 건 모르고 성장했다는 것이 엄마의 설명이다. 그러다 4살 무렵 무릎이 부어서 구부러지지 않았고 통증이 심해 병원을 찾게 되었다.

병원에서 받았던 검사 과정은 나에게 힘든 기억으로 남아있다. 특히 CT촬영을 위해 거대한 통으로 들어가야 하는 것은 공포 그 자체였다. 엄마 없이 그 속으로 들어가게 되어 다시 못 나오면 어떡하나 하는 무서움을 느꼈던 것 같다.

혈관기형은 치료 방법이 없어 특별하게 치료하지는 못했다고 한다. 알코올을 투여해 혈관을 태우는 경화 요법이 있지만, 많은 양의 혈관을 태울 수 없고 수술을 하려면 여러 번 전신마취를 해야 하기 때문에 의사 선생님도 권하지 않으셨다.

내 다리는 보기와는 다르게 불필요한 혈관이 상당히 많이 있었지만 아픈 나의 다리를 치료하기 위해서는 무릎에 피가 차면 얼음찜질을 하거나 찬물에 들어가는 게 할 수 있는 전부였다.

초등학교에 입학하고서는 아픈 다리 때문에 학교에 가는 것이 쉽지 않을 때가 있었다.

"엄마!"

매일 아침에 눈을 뜨면 내가 하는 첫 번째 소리였다. 잠에서 깨어나면 가끔 나의 다리는 움직이지 못하는 상태가 될 정도로 부어있었다. 내가 하루를 시작하기 위해서는 엄마의 손이 필요했고, 나는 엄마를 부르는 것에서부터 하루를 시작해야 했다.

가끔 엄마가 아침을 준비하느라 바빠서 나의 목소리를 듣지 못하게 되면 나는 내 방에서 기어 나와야 했다. 그렇게 아침은 나에게 힘든 시간들이었다.

다리가 부어 걸을 수 없는 날은 엄마가 나를 학교에 데려다주어야 했다. 하지만 집에 갈 때쯤에는 부은 다리가 괜찮아져서 혼자서도 집에 올 수 있었다.

비록 아픈 다리로 인해 엄마가 학교에 데려다줄 때가 많았지만, 나의 학교 생활은 많은 친구가 있는 즐거운 곳이었다. 누구와도 친하지 않은 친구들이 없었고 모든 친구에게 관심을 갖고 있었다.

친구들을 괴롭히는 모습을 보는 것이
어린 나이였지만 참을 수가 없었다.

"대장, 오늘 대장네 집에 가서 놀아도 돼?"

학교가 끝나면 친구들은 나에게 물었다. 친구들은 오늘 무엇을 하고 놀지를 물었고 그러면 나는 그 친구들과 함께 놀기 위해서 집에 가자고 얘기하고는 했다. 아이들은 모두 우리 집에 가는 것을 좋아

했고, 같이 가고 싶어 하는 친구라면 누구 하나 빠지지 않고 데리고
갔다.

그 친구들을 데리고 가서 난 엄마에게 아이스크림을 사달라고 했
던 거 같다. 친구들이 좋아하는 것은 해주고 싶은 마음이 있었던
것 같고, 그 친구들이 좋아하는 아이스크림을 먹으면서 즐겁게 지
내고 싶었기 때문이기도 했던 거 같다.

이렇게 난 친구들과 어울리는 것을 좋아했다. 그리고 반에서 어울
리지 못하는 친구들에게도 관심을 가졌던 것 같다.

한번은 반에서 아이들을 괴롭히는 나쁜 아이가 있었다. 아이들이
같이 어울려 놀면 그곳에 나타나 훼방하면서 약한 아이들을 괴롭히
기도 했다. 또 약한 친구들의 물건을 훔치거나 자전거를 가지고 도
망갔다. 그 아이가 친구들을 괴롭히는 모습을 보는 것이 어린 나이
였지만 참을 수 없었다.

친구들을 괴롭히는 모습이 보일 때마다 그 아이에게 괴롭힘을 당
하는 친구 편에서 보호해 주기 위해 나름대로 노력했던 거 같다. 내
가 기억하는 처음이자 마지막 주먹싸움은 친구를 괴롭히던 그 아이
와의 싸움이었다. 학교에서만이 아니라 방과 후에도 아이들을 괴롭
히는 그 친구를 찾아다녔다. 8살의 어린 나이였지만 나는 반 아이
들을 위해서 무엇인가를 하고 싶었다. 내가 친구들보다 생일이 빨라
서 그럴 수도 있고, 친구들보다 힘이 세다고 생각해서일수도 있었던
것 같다.

난 매일 반 아이들을 위해서 우유 급식 당번을 자청했다. 돌아가

나를 대장이라고 불렀다

면서 하는 우유 급식 당번을 힘이 세다고 생각해 매일 우유를 들고
왔고, 아이들에게 나누어 주었다. 그렇게 친구들을 위해서 무엇인가
를 하는 것이 난 기분이 좋았던 거 같다. 그런 모습 때문인지 친구
들은 나를 대장이라고 불렀다. 대장은 초등학교 1학년 때 나의 별명
이다.

어른들의 관심 때문이었는지
의젓하게 행동했던 거 같다.

공부도 잘했던 거 같다. 초등학교 입학할 때 한글을 제대로 알고
입학한 것은 아니었다. 엄마는 기본적인 한글만 익힌 상태에서 학교
에 입학시켰다고 했다. 하지만 학교에 입학해서 공부하는데 어려움
은 없었던 거 같다.

엄마에게 학원을 보내달라고 한 적이 있었지만 그때도 공부보다는
주변 형들이 학원에 다니고 있어서 학원에 가야 형들과 놀 수 있다
는 생각 때문이었다. 형들과 학원에 다니는 것이 재미있었던 거 같
다. 그곳에 가면 형들과 놀 수 있어서 좋기도 했지만, 시험도 항상
백 점을 받아 기분이 좋았다.

나름대로 완벽주의적인 모습이 있어서 그랬는지 학원에서 문제를
내주면 문제를 순서대로 제대로 꼼꼼하게 풀어야 했다. 한 문제가

풀리지 않으면 절대 다음 문제로 넘어가지 않았다. 선생님들이 괜찮다고, 모르면 다음 문제를 풀어도 된다고 했지만 그 말을 듣지 않았다. 나는 그 문제를 반드시 풀어야만 한다고 생각하는데 선생님이 그냥 다음 문제로 넘어가서 풀라고 하는 말을 그 당시 받아들이지 못했던 거 같다.

선생님이 내준 문제를 다 풀어야만 집에 가야 된다고 생각했고, 선생님이 괜찮다고 말해도 다 풀고 집에 갈 거라며 울고는 했다. 어린 나이였지만 내가 해야 하는 일, 목표한 일은 반드시 마쳐야 한다고 생각했던 거 같다. 지금은 모르는 문제가 있으면 그냥 넘어갈 수 있지만 다른 사람들보다 스트레스를 받기는 한다.

한번은 학교에서 100점을 받지 못해 엄마에게 전화를 한 적이 있었다.

"엄마 나 95점 받았어. 공책 한 권을 100점 받아서 끝내려고 했는데…"

받아쓰기 점수를 95점 받은 날 울면서 엄마에게 전화를 했다. 공책 한 권을 모두 100점으로 채우려고 했던 것이 어린 나의 목표였는데 그 목표를 이룰 수 없다는 생각이 들자 너무 슬펐던 것 같다.

그리고 무엇인지 모르지만 화가 났다. 모두 100점을 받은 공책 한 권을 만들지 못할 거라는 생각이 들었기 때문인 것 같다. 내 계획이 무너졌다는 것이 너무나 슬픈 일이었다.

어린 시절부터 차근차근 완벽하게 해내기를 원했던 거 같고, 내가 세운 목표를 이루기 위한 노력들을 해왔던 거 같다. 하지만 공부가 그렇게 힘든 것은 아니었다.

경시대회를 나가서도 누구보다 빠르게 문제를 풀었고 그럼에도 항상 1등을 했다. 학원에서는 건물 전면과 광고지에 내 이름을 실었고 그래서 주변 사람들이 나에 대해 많이 알게 되었다. 학원 가는 길에 모르는 아줌마들이 내 이름을 부르고 누구 엄마라고 하며 아이스크림이나 과자를 종종 사주셨다. 학원 선생님은 닌텐도 게임기도 사주셨던 기억이 있다. 어린 나이였지만 어른들이 좋아해준다는 걸 알았고, 그런 어른들의 관심 때문이었는지 더 의젓하게 행동했던 것 같다.

그렇게 초등학교 1학년을 한국에서 보내고 미국에 이민을 가게 되었다.

미국에 이민 간 후 할 수 있었던 말은
Hi 정도뿐이었다.

"장애인으로 살기 위해서는 미국이 더 좋은 환경을 제공할 거야."
엄마는 내가 어른이 되면 장애인으로 살지 모른다는 생각을 하고 계셨다고 했다. 혈관기형으로 진단을 받은 후 다리를 절단해야 할지도 모른다는 의사 선생님의 말씀 때문이었다. 내가 다리를 절단해

장애인으로 살게 된다면 한국보다는 미국에서 사는 것이 더 나을 것이란 엄마의 판단이었다. 그 판단에는 이모가 미국에 살고 있다는 것도 결정적인 역할을 했다.

엄마를 따라서 이모가 살고 있는 미국으로 가서 시작한 새로운 삶은 그리 낯설고 어렵지 않았다. 내가 좋아하는 이모와 사촌동생 윤지가 있었고, 엄마가 있었기 때문이었다.

영어를 잘했던 것도 아니었다. 영어유치원에 다녔지만 영어는 "Hi."와 간단한 단어 정도만 할 수 있었다.

"Hi. I am Brian."

미국에 이민을 간 후 처음으로 간 학교에서 할 수 있는 말은 이 정도였다. 간단한 나의 소개만 할 수 있었다. 그 이상으로 이야기를 할 수 있는 영어 실력을 갖추고 있지 않았다.

그래서 수업도 알아들을 수 없었다. 첫날 수업에서 선생님이 열심히 하는 이야기를 하나도 이해하지 못했고, 아이들이 웃을 때도 왜 웃는지도 알 수 없었다.

난 누구와도 친구가
될 준비가 되어있다.

첫날 수업에 시간 읽는 법과 더하기 빼기를 배웠다. 숫자가 나오는 그 시간은 무엇을 하는지 알 수 있었다. 더하기 빼기는 이미 한국에서는 너무나 쉬운 것이었고, 시간 읽는 법도 쉽게 알 수 있는 것이었다. 이미 한국에서 경시대회 준비를 위해 4학년 수학 과정을 공부했었고, 학원에서 연산은 손이 아닌 암산으로 하게 훈련이 되어있었다.

풀이과정 없이 쉽게 더하기 빼기 문제를 혼자서 풀어나갔다. 미국 친구들의 시선이 집중되는 것이 느껴졌고, 신기한 듯이 쳐다본다는 것을 어리지만 알 수 있었다. 아무 말도 없이 앉아있던 나에게 친구들이 관심을 보이기 시작한 것도 첫날의 더하기 빼기 수업 때문이었던 거 같다.

첫날이 지나고 다음 날 학교에 가자 나에게 말을 거는 친구들이 하나둘 생기기 시작했다. 비록 영어가 되지 않았지만, 관심을 보이는 친구들과 대화를 하는 것이 그리 어렵지 않았다. 알고 있는 단어를 가지고 친구들과 이야기를 할 수 있었고, 친구들은 그런 나를 이해해 주는 것 같았다.

그렇게 일주일 정도가 지나면서 친구들과 제법 어울릴 수 있었고, 친구들을 집으로 초대까지 할 수 있었다. 학교가 끝나면 몇몇 친구들과 우리 집에 가서 놀자고 하기도 하고 때로는 친구네 집에 초대를 받아 가기도 했다.

언제 어디서나 사람들과 어울리는 것이 어렵지 않았던 거 같다. 한국에서도 대장이라는 별명답게 내 주변에는 사람들이 있었고, 미국에서도 언어가 되지 않았지만 사람들은 주변에 항상 있었다.

그 사람들은 나에게 에너지를 주기도 하고, 내가 그 사람들에게 에너지를 주기도 했던 거 같다. 지금도 어느 인종인지, 어느 종교인지, 어느 나라인지는 중요하지 않다. 어떤 상황에 있든지 그들과 친구가 되는 것은 어렵지 않은 일이다. 그리고 누구와도 친구가 될 준비가 되어있다.

◀ 미국에 이민을 갔을 때 비록 영어를 못했어도 친구를 사귀는 것은 어렵지 않았다.

◀ 각 주 대표들로 구성
된 청소년 기자단 캠
프에 참석했다. 지금도
나는 인종과 성별 상
관없이 누구와도 친구
가 될 수 있다.

I am The Brian

3

학생회장에 도전하다

　　"우리가 회장이 되면 너희들의 미래는 너무 눈부셔 모두 선글라스를 써야 할 것이다."

　이 말을 한 후 나와 Simon은 선글라스를 꺼내 썼다. 예상대로 친구들은 박장대소했고, 선거 현장의 반응은 폭발적이었다.

　몇 년째 학생회 임원 경험이 있었던 우리가 가장 중요하다고 생각한 것은 선거 당일 친구들의 호응과 응원의 소리 크기였다. 선거에 출마하는 팀들의 공약은 거의 비슷비슷하였기 때문에 재미있게 우리 팀을 친구들에게 보여주는 것이 더 필요하지 않을까 하는 고민을 했다. 그런 고민에서 선글라스를 생각해냈고 선글라스를 쓰는 재미있는 행동이 우리 팀을 학생들에게 강하게 기억시킬 수 있게 되었다.

　선거 당일 현장의 반응에서 우리의 승리를 예상할 수 있었다.

　7학년 말 전교 학생회장을 선출한다. 우리 학교는 Co-president로 두 명이 한 팀이 되어 출마를 할 수 있었다. 나는 중국인 친구 Simon과 한 팀이 되어 출마를 하게 되었다. 나는 전년도에 학생회

총무로 출마해서 총무로 뽑혀 활동을 하고 있었고, 나의 파트너인 Simon은 전교 부회장이었던 친구였다. 그 친구는 이미 부회장으로 활동하고 있어서 일을 얼마나 잘하는지는 다 알고 있는 상황이었다.

우리가 한 팀이 되어 회장으로 출마한다고 했을 때 친구들은 자연스럽게 받아들였다.

우리는 현재 학생회 활동을 하고 있어 어떻게 일을 하는지도 알고 있기 때문에 우리가 회장이 되면 좋겠다고 하는 친구들이 많았다. 그리고 응원과 지지하겠다는 이야기도 해주었다.

선거운동에서 우리가 가장 중요하게 생각한 것은 불법 선거운동을 하지 않겠다는 것이었다. 나와 Simon은 경험상 선거 후에도 다른 후보들과 좋은 관계를 유지하는 것이 필요하다고 생각해 선거 규정을 따르는 것이 중요하다고 생각했다. 포스터 크기도 정해져 있어 우리는 그 규정에 따라 포스터를 제작하였다. 때로 어떤 후보들은 학생들에게 먹을 것을 나누어 주거나 선물을 하기도 한다. 선물이나 물품을 유권자에게 주는 것은 금지되어 있었기 때문에 우리는 하지 않았다.

학생들을 위해 학생회가 할 수 있는 것이 무엇인가를 고민하는 것도 중요한 일이었다. 지금은 어떤 내용으로 나와 Simon이 공약을 내세웠는지는 정확히 기억나지 않지만 매년 선거에 나오는 모든 공약이 비슷했다. 학생들은 공약을 보고 후보를 정한다기보다 같은 학년들은 친한 친구에게 투표하는 경우가 많고, 다른 학년들은 후

보자에 대한 정보가 부족하여 당일 연설 능력을 보고 투표를 하는 경우들이 많다. 그렇기 때문에 선거 당일 현장의 분위기를 잘 이끌어 내는 것이 관건이라 판단했다.

선거 당일 투표를 위해 모인 6학년, 7학년 학생들에게 우리의 팀에 대한 인상을 재미있고 강하게 남길 수 있는 무엇인가가 있어야 했다. 나와 Simon은 연설문을 쓴 후 각 파트별로 각자의 역할을 나누고 어디서 숨 고르기를 하고 웃음을 끌어낼 수 있는지 생각하고 동작까지 연습해 필요한 소품을 정하였다.

순서를 뽑는 과정 없이 우리에게
먼저 올라가라고 하셨다.

선거 당일. 무대에 오르기 전 순서를 정하는 시간이 되었다. 원래는 후보들끼리 제비뽑기를 해 무대에 오르는 순서를 정한다. 보통 첫 번째를 피한다. 왜냐하면, 가장 긴장되기도 하고 큰 강당에 많은 학생이 모여 처음에는 분위기가 어수선하고 집중시키기가 어렵기 때문이다.

그런데 선거 담당 선생님이 오시더니 순서를 뽑는 과정 없이 우리에게 먼저 올라가라고 하셨다. 다른 사람들이 먼저 올라가면 하는 것을 보고 우리는 뒤에서 준비를 좀 하면 좋겠다고 생각했는데 매년 해오던 방법과 달리 선생님의 갑작스러운 지시에 당황스러웠다.

Simon과 나는 준비한 선글라스를 양복 안주머니에 넣고 무대로 올라갔다. 다른 후보들과 달리 우리는 검정 정장을 입고 손에는 원고 없이 무대에 올랐다. 무대에 오른 후 첫 번째로 말을 시작해야 하는 나는 아무 말도 하지 않고 객석에 앉아있는 학생들을 바라보았다. 그리고 한참 동안 아무 말도 하지 않았다. 첫 번째라는 핸디캡을 안고 어수선한 분위기를 집중시키기에는 무대에서의 침묵이 가장 효과적이라 생각했다. 예상했던 대로 큰 강당은 어수선한 웅성거림이 사라지고 적막이 흘렀다. 그때 나는 준비된 대사를 시작했고, Simon이 뒤를 이어 맡은 역할을 하여 단 한 번의 실수도 없이 후보 연설을 마무리했다.

미리 생각해놨던 선글라스와 동작은 큰 웃음을 주었고, 많은 학생들과 선생님들에게 좋은 호응을 받을 수 있었다.

뒤이은 후보들이 무대에 올라와 준비된 연설문을 읽을 때 우리와 같은 공약이 나오면 앞 후보 공약을 따라 한다며 객석 여기저기에서 웅성거렸다.

학생들의 반응을 보고 첫 순서라는 핸디캡을 극복하고 승리했다는 것을 의심하지 않았다.

각 포지션을 지원한 모든 후보가 연설을 마친 후 투표가 시작되었고, 모든 학생이 투표를 마친 후 각 교실로 돌아가 수업에 참여하였다.

그런데 선거 담당 유대인 선생님은 투표가 끝나고 얼마 지나지 않은 시간이었음에도 우리를 불러 결과를 알려주셨다.

"아쉽게 2표 차이로 회장이 되지 못했다. 원래 다른 포지션을 제의하지 않지만 너희에게 특별히 Outreach Representative 기회를 주겠다. 지금 이걸 승낙하지 않으면 다른 후보에게 넘기겠다."

선거에 나가기 위해서는 회장, 부회장, 총무 등 각 포지션을 정해야 한다. 회장에 출마해서 두 번째로 많은 표를 받아도 회장으로 지원했다면 부회장 자리를 주지는 않게 된다. 그래서 포지션을 잘 정해 출마하는 것이 중요하다. 보통 누가 어떤 포지션으로 출마할지는 미리 소문이 난다. 그래서 강한 상대 후보가 있으면 다른 포지션으로 바꿔 출마하기도 한다. 우리 학교는 회장만 Co-president로 가능하고 부회장부터는 혼자 출마해야 했다. 회장 후보 중 Simon과 나만 동양인 남자였고, 다른 팀은 유대인 여자 친구들이었다.

선생님의 제안에 Simon은 승낙을 하자고 했다. 하지만 나는 선생님의 그런 제안을 받아들일 수 없었다. 보통 선거 결과는 다음 날 발표를 하는데 이번 선거는 그날 바로 개표를 해서 선거 2시간 뒤 결과를 알려줬기 때문이었다. 600명이 넘는 학생들이 투표에 참여하고 포지션마다 여러 장의 투표를 하면 적어도 3천 장 정도의 투표용지가 있는데 그것을 선거 후 바로 발표한다는 것이 이상했고, 진 팀에게 다른 포지션을 제의하는 것도 이상했다.

선생님 말씀처럼 두 표 차이로 우리가 최종 승리자가 되지 않았다면 투표용지를 한 장만 잘못 계산해도 회장의 당락이 바뀌는 상황인 것이다. 그럼에도 학교 측의 신중하지 못한 모습을 수용하기 어려웠다. 이런 상황을 그대로 받아들여서는 안 된다고 생각했고, 재개표를 요구하기로 결정했다.

투표용지를 개표하고
바로 휴지통에 버렸다고 합니다.

재개표를 해야 한다는 나의 요구에 Simon은 하지 않겠다며 포기했다. Simon의 엄마가 선생님과 좋은 관계를 유지하는 것이 좋겠다고 조언했기 때문이었다. 고등학교 진학할 때 특목고 추천서 문제도 있으니 항의하지 않는 것이 좋겠다는 것이다.

하지만 나는 포기하지 않았고 그래서 다음 날 혼자 교장 선생님을 찾아갔다.

교장 선생님은 현장에 없었기 때문에 상황을 잘 알지 못하고 계셨다. 선거 당일 후보 순서를 선거 담당 선생님이 즉흥적으로 정한 문제와 우리 팀을 향한 뜨거운 현장 분위기에 관해서는 이야기하지 않았다. 단지 2표 차이인 박빙의 결과로 재개표를 원한다고 말씀드렸다.

"몇백 명의 학생들이 투표에 참여했습니다. 각 포지션에 총 몇천 장의 투표용지를 담당 선생님은 선거가 끝나고 바로 개표하여 2시간 뒤 결과를 발표하셨고, 2표 차이라는 박빙의 결과가 나왔습니다. 한 장만 바뀌어도 당락이 바뀌기 때문에 한 번 더 개표할 것을 요청 드리고 싶습니다."

나의 설명에 교장 선생님은 흐뭇해하셨다.

"Brian의 이런 요청은 용기 있는 행동이라 생각합니다. 재미있는 도전입니다. 그러나 절차상 Brian과 생각이 같다는 학생들의 서명을 받아오세요. 다수의 학생이 서명에 참여하면 선거 담당 선생님에게 재개표를 요청하겠습니다."

교장실을 나온 이후 바로 학생들의 서명을 받기 위한 작업을 시작했다. 서명지를 만들고 선거 현장에 있었던 친구들과 선생님들에게 재개표를 위한 서명을 받았다.

서명을 받으며 교장 선생님께 그랬듯 내가 생각하는 선거 담당 선생님의 명확하지 못한 행동에 관한 설명은 하지 않았다. 단지 '박빙의 결과로 재개표 요청이 필요하니 서명해 달라'고 하였다. 그런데 많은 학생이 먼저 얘기해 주었다.

"박빙인 건 말이 안 된다. 현장 분위기에서 이미 차이가 벌어졌는데 박빙이라는 것은 나올 수 없는 결과다."

선생님들도 서명해주시면서 힘을 주셨다.

"반드시 재개표가 필요하다. Brian의 용기를 응원한다."

이렇게 많은 친구들과 선생님이 서명을 해주셨고, 재개표 요구에 동의해 주었다. 교장 선생님이 원하시는 분량의 서명을 받는 것은 친구들의 도움으로 몇 시간이면 충분했다.

나는 정당하지 못하거나 의롭지 않은 일에는
조금도 주저하지 않았다.

학생들에게 받은 서명지를 가지고 방과 후 교장실을 찾아가 전달해 드렸다. 다음 날 점심시간 교장 선생님이 부르셨다. 교장 선생님은 아쉽다며 말씀하셨다.

"선거 담당 선생님이 투표용지를 개표하고 바로 휴지통에 버렸다고 합니다. 하지만 Brian이 문제가 된다고 생각해서 재개표를 요구한 것은 용기 있는 일이라고 생각합니다."

교장 선생님은 재개표를 했으면 더 좋았겠지만, 투표용지가 없는 상황에서 어쩔 수 없다고 하셨다. 하지만 학교의 신중하지 못한 모습에 문제를 제기하고 이에 대해서 학생들의 동의를 얻어내는 과정은 도전적인 모습이라고 칭찬해 주었다.

투표용지를 버렸다는 말에 낙심했지만, 재개표를 할 수 없는 상황을 받아들여야 했다. 선거 담당 선생님은 나를 불러 처음 제의했던 Outreach Representative 포지션을 다시 제의했다. 그 제의를 받아들였고 중학교 생활 동안 회장의 역할 대신 Outreach representative 자격으로 임원 활동을 하며 보내게 되었다.

선거 담당 선생님이 투표용지를 보관하지 않은 것은 아직도 이해를 할 수가 없다. 그것도 시간이 많이 지난 것도 아닌 개표 후 바로 휴지통에 버렸다는 얘기는 선거 책임 교사로서 충분히 문제가 될 일이다. 나와 Simon이 아시아인이기 때문에 별 문제를 제기하지 않을 것이라고 생각했는지 모르겠다.

아시아인이라는 이유로 불이익과 차별을 받는 일은 학교 안에서도 종종 일어난다. 비록 중학생이었지만 정당하지 못하거나 의롭지 않은 일에는 조금도 주저하지 않았다.

비록 아쉽게도 재개표를 할 수 없었지만, 중학교 때 문제라고 생각했던 것에 대해 이의를 제기했던 일과 서명을 받아본 경험들이 2년 후 버겐 아카데미 교사의 인종차별에 대항하여 1,500명의 서명을 받고 항의를 할 수 있게 한 디딤돌이 되었던 것 같다.

▲ 중학교 학생회장 출마 당시 선거 포스터. 보통 선거 포스터들은 손으로 글씨를 쓰거나 그림을 그리지만 우리는 눈에 띄는 포스터를 만들어 학생들에게 많은 호응을 받았다.

4

나에게 패션이란…

"엄마, 나에게 더 이상 점심값과 용돈은 안 줘도 돼."

엄마는 그래도 괜찮겠냐는 표정으로 나를 쳐다봤다. 이제부터 용돈과 내가 필요한 돈은 알아서 하겠다고 했다. 엄마는 의아해했지만 별다른 말씀을 하지 않으셨다.

내가 용돈과 점심값을 받지 않기 시작한 것은 7학년 때부터였다. 엄마에게 용돈을 받지 않아도 되는 이유는 신발과 옷을 리세일링을 하며 용돈을 벌었기 때문이다.

6학년 때 브랜드 신발에 관심을 갖게 된 후부터 용돈을 모아 신발과 옷을 구매했다. 용돈을 모아서 사는 만큼 최대한 저렴하게 사야 했다. 그래서 여러 경로를 찾아보고 저렴하게 구매할 수 있는 방법을 찾아냈다. 이렇게 산 옷과 신발은 모두 내가 입으려고 산 것들이다. 그런데 친구들이 내가 가지고 있는 옷과 신발을 사겠다고 하는 경우들이 생기기 시작했다. 또 중고 가격이 내가 산 가격보다 비싼 경우도 있었다. 이런 상황들이 되면서 나는 리세일링을 하게 되었고, 용돈을 벌 수 있게 되었다.

친구들 사이에서 옷과 신발을 리세일링하는 것으로 유명해졌지만, 엄마는 내가 가진 가방과 신발이 몇 개인지를 모르신다. 한꺼번에 가방과 신발을 가지고 있는 것이 아니기 때문이다. 나는 조금 가지고 있다가 친구들이 필요로 하거나 중고 가격이 올라가면 리세일링을 하기 때문이다.

이런 이유로 내가 학교에 부자라는 소문이 나기도 했다. 엄마 친구분이 엄마에게 전화를 해 이렇게 말씀하신 적이 있었다.

"우리 아들이 오늘 물어보더라. 브라이언네 집이 엄청 부자냐고. 왜인지 물어보니 브라이언에게는 명품 가방이 색깔별로 있고 신발도 그렇다며 학교에서 브라이언이 부자라는 소문이 났다고."

난 그저 패션에 관심을 갖고 내가 가진 물건들을 저렴한 가격에 사고 다시 판매를 할 뿐이다.

6학년 때 한 친구가 'Yeezy Boost 350 Pirate Blacks'를 신고 왔다. 그 친구를 보고 친구들은 멋지다고 했다. 나는 친구들의 반응에 그 친구의 신발을 주목하게 되었고 내 가슴이 뛰고 있다는 것을 느낄 수 있었다. 나는 명품에 관심도 없고 정보도 없었다. 하지만 신발만으로도 가슴이 뛴다는 것이 신기하기까지 했다. 그날 나는 집에 가서 검색을 시작했고 구입할 수 있는 경로를 찾아봤다. 그 이후로 나는 브랜드 신발에 관심을 갖게 된 것이다.

옷과 신발을 좋아한 것은 어렸을 때부터였던 것 같다. 어린 시절 사진을 보면 같은 신발을 신고 있는 사진이 하나도 없다. 사진마다 다른 신발을 신고 있다. 엄마 말에 의하면 유치원 때도 옷과 신발 색이 다르면 안 가겠다고 울었다고 한다. 그렇게 난 어린 시절부터 잘 차려입는 것에 관심을 갖고 있었던 것 같다. 지금도 잘 차려입었다고 생각이 들면 스스로 자신감도 생기고 스트레스도 풀리는 것 같다. 이렇게 스스로에 대한 만족감을 얻기 위해 옷과 신발을 좋아하게 된 것이 아닌가 하는 생각이 든다.

옷과 신발에 관심을 갖게 되고 나름대로 패션 감각을 가지고 입게 되면서 주변 친구들이 부탁하는 경우들이 생기기 시작했다. 자기에게 맞는 옷을 구입해 달라는 것이다. 그들이 보기에 나는 유행에 민감하고 디자인을 보는 감각이 있다고 생각하는 듯했다. 그리고 좋은 가격에 물건을 구입하는 경우들이 많아 친구들의 부탁이 늘어나기 시작했다.

원하는 옷이나 신발을 좋은 가격에 구입하기 위해서는 정보가 필요하다. 브랜드 이름만 알고 뭘 사야 할지 모르는 친구들이 많았기 때문에 내가 가진 정보력으로 자기에게 맞는 것을 선택해 구매해 주기를 바란다.

그렇게 시작된 패션에 관한 관심이 특목고를 지원하는 것까지 이어졌다.

패션학과가 있다는 이야기를 듣고
나는 더 이상 고민하지 않았다.

　패션에 관심 있지만 대학에서 이를 전공하고 싶은 생각은 없었다. 하지만 고등학교서 패션에 관해서 공부를 해본다면 좋은 기회가 될 것이고 경험이 될 수 있을 것이라고 생각했다.

　내가 Bergen County Technical 고등학교에 패션학과가 있다는 것을 알게 된 것은 아는 형 때문이었다. 중학교 때부터 특목고를 지원하겠다고 생각하고 있었지만 Bergen County Technical 고등학교에 패션학과가 있는지는 알지 못했다.

　많은 학생이 특목고를 준비한다. 나도 그 당시 특목고를 지원할 생각을 하고 있었다. 뉴저지에는 같은 재단의 Bergen County Academies와 Bergen County Technical High school이라는 대표적인 특목고가 있다.

　이 두 학교는 지원할 때 1순위와 2순위를 정해서 지원을 하고, 같은 날 같은 장소에서 시험을 본다. 하고 싶은 전공을 선택해서 지원하는 친구들도 있지만 경쟁이 적은 전공을 정해서 지원하는 경우들도 있다. 지역별 합격자 수도 퍼센트가 있어 우리 타운의 합격자 수는 그리 많지 않다. 그래서 합격에 대한 기대는 별로 없었다. 단지 경쟁 사회에 살면서 내 나이에 준비해야 하는 대부분의 과정을 도전해야 그 과정 중에서 배우는 게 있을 것이라고 생각했다.

그래서 특목고에 지원하겠다는 생각만 있었지 어떤 학교, 어떤 전공을 해야 할지 정하지 못하고 있는 상황이었다. 그러던 중 학원에서 아는 형을 만나게 되었고, 그 형이 패션을 전공하고 있다는 것을 알게 되었다. 패션학과가 있는 줄은 생각도 못 했는데 패션학과가 있다는 이야기를 듣고 나는 더 이상 고민하지 않았다.

나는 이미 마음을 정했지만 엄마를 설득시켜야 했다.

"내가 대학에 가서 패션을 전공하겠다고 하면 허락하지 않겠지? 나도 대학에서 패션을 전공하고 싶지는 않아. 그런데 고등학교 때 배울 수 있다면 너무 멋진 기회가 될 것 같아."

엄마는 나의 결정을 허락하셨고, 1지망과 2지망 모두 Bergen Technical High school 패션 과를 지원했다.

시험을 본 후 1차에서 성적과 시험 점수로 A, B, C 그룹으로 나눈다고 한다. A 그룹이 합격 인원수보다 부족할 경우 B 그룹 에세이를 읽지만, 보통은 성적으로 구분된 A 그룹만으로 합격자 수를 훨씬 초과한다. A 그룹의 에세이가 각 전공 선생님들에게 넘어오고, 전공 선생님들은 에세이를 읽고 마음에 드는 지원자를 골라주면 입학사정 담당자들이 추천서 등을 읽고 최종 합격자를 선발하게 된다.

이런 과정을 거쳐 내가 합격할 수 있었던 것은 에세이와 추천서 덕분이라는 생각이 든다.

전공 선생님은 입학 후에 내가 쓴 에세이가 인상적이었다고 말씀해 주셨다. 아마 패션은 내가 하고 싶은 전공이었고, 그 마음이 에세이에 담기면서 다른 친구들과의 차별성이 있지 않았나 하는 생각이다.

무엇보다 중학교 선생님이 써준 추천서도 합격하는 데 중요한 역할을 했던 거 같다. 선생님이 써준 추천서에는 "이 학생을 뽑지 않는다면 당신 학교는 후회할 것이다."라는 내용이 담겨있었다.

내가 다니게 된 Bergen County Technical 고등학교는 공부에 대한 스트레스가 많았다. 교과 과정이 일반 고등학교와는 달리 Honor와 AP 수업으로 높은 레벨로 구성되어 있다. 그리고 각 전공 수업도 들어야 했다. 12학년도 졸업반이 되면 학교에 나오지 않고 주 1회 인턴을 나가기 때문에 졸업에 필요한 수업을 11학년도에 대부분 끝내야 한다. 대학 입학시험인 SAT와 ACT도 많은 친구가 일반 학교보다 빠른 11학년 전에 많이들 끝내놓는다. 끝낸다는 것은 본인이 만족할 만한 점수가 나오고 나면 더 이상 안 본다는 것이다. 나도 일찍부터 준비했고 9학년에 끝낼 수 있었다. 이 외 음악, 미술, 운동, 봉사 등 개인들의 특기 사항은 학교 클럽도 있지만 전문적으로 하는 학생들은 대부분 밖에서 따로 스펙을 쌓는다.

내가 전공한 패션과도 특별히 다르지 않다. 옷을 만들기보다는 보통 고등학교처럼 7~8시간의 정규 과목을 매일 배우고 2시간만 전공과목 수업을 듣는다. 9시간 동안 수업을 하기 때문에 점심시간과 자율학습시간이 짧다.

9학년은 이론과 기초 실습수업으로 진행하며 10학년부터는 그동안 배운 전공과목을 토대로 옷을 한 벌 정도 만든다. 내가 10학년 때 만든 옷은 장애인들이 입을 수 있는 옷으로 일반 옷과는 다르게 신축성이 있는 천에 어깨에 velcro를 붙여 입고 벗기 편하게 만들었다. 뇌성마비인 사촌 윤지가 옷을 입고 벗는 게 얼마나 불편한지 알기 때문에 윤지를 생각하며 현실적인 장애인들의 옷을 만들 수 있었다. 그리고 장애인 친구들과 함께 패션쇼를 열었다.

나는 하고 싶은 것이 너무 많다.

나는 내가 좋아하는 패션을 배우고 그것을 실제 생활에 활용할 수 있다는 것이 좋았다. 다양한 도전을 해본다는 것은 나를 한 단계 성장시키는 디딤돌이기도 했다. 그 때문에 공부에 대한 스트레스에도 불구하고 나는 치어리딩을 위한 텀블링 학원에 다니기까지 했다. 그리고 입학 첫날부터 발생한 인종차별 사건으로 인해 바쁜 나날을 보내야 했고, 그 사건으로 인해 단체가 만들어지면서 단체를 이끌어나가야 하는 책임도 지게 되었다. 친구를 보러 간 학교에서는 레슬링 팀에 스카우트되어 레슬링도 하게 되었다. 9학년 때부터는 학생회, Model UN, 학교 기독교 모임인 Harvest와 아시안 학생들의 기독교 모임인 Asian Young Life, 학교 K-pop 댄스팀, 교회 찬양팀, 여름에는 장애인 봉사 등의 활동을 한다.

이렇게 많은 활동을 하는 것은 하고 싶은 게 너무나 많기 때문이다. 대학을 가기 위한 스펙으로 했다면 얼마 가지 못해서 그만두었을 것이다.

엄마는 하지 말라고 하신다. 공부할 시간이 부족하다는 이유다. 하지만 무엇이 되고 싶다는 꿈보다는 현실에 만족하며 내가 하고 싶은 것들을 열심히 하고 싶다.

하고 싶은 것이 많다. 내가 하고 있는 것들이 대학을 입학하는 데 도움이 되지 않을 수도 있다. 하지만 그런 것들은 중요하지 않다. 단지 내가 좋아하고 하고 싶은 것을 하면서 나의 삶의 영역을 넓혀나가고 싶다.

◀ AM1660 라디오에 초대되어 Asian American Youth Council 단체 설립에 관한 인터뷰를 했다.

▲ '파워 인터뷰 김탄 초대석'에 초대돼 Asian American Youth Council과 관련한 인터뷰를 했다.

나에게 패션이란…

◀ 추석 한복 패션쇼
무대에서 패션쇼
를 했다.

▼ 7학년 때 Tenafly K-pop에서 우승한 후 행사
에 초대되어 공연도 다녔다.

▲ 2년 연속 뉴저지 K-pop 대회에 사회자로 나서 행사를 진행했다.

▲ 나는 내가 다니는 학교가 아닌 Tenafly 고등학교 레슬링 팀 선수로 뛰고 있다.

▲ 한인 최초 Andy Kim 연방 하원의원 당선 축하파티에 사회자로 섰다.

나에게 패션이란…

5

195파운드의 남자, 치어리더가 된 이유

"거기서 뭐 하고 있어? 빨리 풋볼 팀으로 넘어와."

풋볼 팀 응원을 나가면 주로 듣는 이야기다. 풋볼 선수와 같은 체격을 가진 내가 치어리더 팀에 앉아있으면 자주 오해를 한다. 나의 체격은 풋볼 선수를 하기에 적합하기 때문에 치어리더라고는 생각도 안 한다. 그리고 내가 풋볼을 했었다는 것을 알기라도 하듯 풋볼 선수가 되라는 스카우트 제의를 한다. 내가 치어리더라고 하면 사람들은 놀라고 나를 다시 쳐다본다.

Brian, 넌 죽고 싶다는 생각을
해본 적이 있니?

내가 치어리더가 되겠다고 생각한 것은 8학년 때였다. 치어리더는 대부분 여학생으로 구성이 된다. 간혹 남자와 여성 혼성팀이 있는 학교도 있지만, 여성팀에 남자가 한 명이나 두 명이 함께 활동하는 학교는 거의 없다.

이런 상황이었음에도 치어리더가 되겠다고 생각한 것은 친구 때문이었다. 치어리딩을 하고 싶지만 다른 사람들의 시선에 용기를 못 내는 친구를 위해 내가 해야겠다고 결심했다.

8학년 때 게이였던 친구가 있었다. 그가 동성애자인지는 학교에서 아무도 알지 못했다. 8학년부터 백인 친구들은 별 망설임 없이 커밍아웃을 한다. 하지만 동양인에게는 동성애자로 커밍아웃을 한다는 것은 쉽지 않은 일이다. 그래서 동양 아이들, 특히 한국 아이들은 고등학교에 가서도 커밍아웃을 하지 않는다. 어느 날 이 친구가 고민을 털어놓았다.

"Brian, 넌 죽고 싶다는 생각을 해본 적이 있니?"

이 친구가 게이인 걸 알고 있었지만 다른 친구들은 모르고 있었기 때문에 특별히 학교생활이 힘들 거라고는 생각해 보지 않았다.

"무슨 일 있니?"

"난 요즘 죽고 싶어. 남자아이들이 툭툭 치며 장난을 치는 것이 치욕스럽고 좋아하는 남자 친구가 생겼는데 고백할 수도 없고, 치어리딩을 하고 싶은데 아마 다른 아이들이 보면 나를 게이라고 놀릴 거고 부모님도 놀라실 거야."

여자들로만 구성된 치어리딩을 한다고 하면 다른 아이들이 게이라고 놀릴 게 뻔하기 때문에 하고 싶어도 못한다는 것이다.

부모님을 생각하면 커밍아웃을 할 수도 없고, 또 친구들에게 놀

림 받게 될 것을 걱정하며 고민하는 그 친구가 안쓰럽게 느껴졌다. 그 친구를 위해서 내가 할 수 있는 것이 무엇인지를 고민하기 시작했고 그 친구가 하고 싶어 하는 치어리더를 내가 해보겠다는 마음이 들었다.

치어리더를 하는 남학생들에게 게이라고 놀린다면 동성애자가 아닌 내가 치어리더를 해보는 것이 좋겠다고 생각했다. 그러면 게이가 아닌 남학생도 치어리더가 될 수 있다는 것을 보여줄 수 있을 것 같았다.

그렇게 세상이 바라보는 편견을 깨고 싶었다. 어떤 성적인 취향과 상관없이 그들이 자신이 하고 싶은 것을 남들 시선이 두려워 못 하는 일이 없게 도와주고 싶었다.

남자라는 이유로
나를 특별대우해주지 않았다.

그 당시 Tenafly 중학교 졸업을 앞두고 있었고, 당연히 Tenafly 고등학교에 진학할 거라고 생각했다. 그래서 고등학교에 있는 치어리딩 코치님을 찾아갔다. 그 코치님은 현재 치어리딩 팀에는 남자가 없기 때문에 내가 들어오면 좋겠다며 고등학교에 입학하고 찾아오면 받아주겠다고 하셨다.

얼마 지나지 않아 지원했던 특목고에서 합격 소식이 왔다. 합격한 학교는 Bergen County Technical 고등학교. 내가 진학할 것이라고 생각했던 Tenafly 고등학교와는 달리 Bergen County Technical 고등학교는 세 개의 고등학교가 연합으로 스포츠 팀이 구성되어 있다. 치어리딩 팀도 마찬가지였다.

Bergen County Technical 고교의 치어리딩 팀은 남자라는 이유로 나를 특별대우해 주지 않았다. 그렇기 때문에 누구보다 열심히 준비를 해야 했다. 특목고에 입학한 다른 아이들이 성적을 잘 받기 위한 공부를 할 때 나는 텀블링을 배워야 했다. 치어리딩 팀으로 들어오기 위해서는 치어리딩 스킬과 텀블링 영상을 보내야 한다는 공지를 안내받았기 때문이었다.

나는 춤추는 것을 좋아하기는 했지만 춤을 잘 추지는 못한다. 그래서 학교에서 요구하는 치어리딩 스킬과 텀블링을 하기 위해서는 가르쳐 줄 수 있는 선생님과 많은 연습이 필요했다. 그래서 배울 수 있는 학원이 있는지를 수소문하였고 마침내 학원을 알아낼 수 있었다. 학원 등록을 위해서 간 곳은 한 번도 가본 적이 없는 외진 지역이었다.

그 학원에 학생들은 모두 어린 흑인 소녀이거나 히스패닉계의 소녀들이었다. 문을 열고 들어섰을 때 마치 정지 버튼을 누른 것과 같이 모든 움직임이 정지되었고, 나를 향해 시선이 집중되었다. 모두 소녀들이어서 조금은 쑥스러웠지만 나는 치어리더가 되어야 한다는 생각에 아이들의 사이를 비집고 들어갔다. 구르고 넘어지는 것을 얼마나 했는지 수없이 반복하면서 치어리더로서의 기본을 배워가기 시작했다.

학원에서 배운 것만으로는 실력을 향상시킬 수 없다는 생각에 학원이 끝난 후 트램블린이 가득히 놓여있는 대형 실내 놀이동산에 갔다. 트램블린 위에서 학원에서와 마찬가지로 넘어지고 구르면서 텀블링 연습을 하였다.

그렇게 학원과 놀이동산을 오가면서 연습한 결과 손을 안 쓰고 넘는 텀블링에 성공을 하였다. 치어리딩 동작들과 구령들은 다른 학교의 치어리더 친구들의 도움을 받았다. 그 친구들은 내가 치어리더가 된다는 것을 의아해했지만 기꺼이 시간을 내서 도와주었다.

그렇게 배웠던 치어리딩 동작과 구령, 텀블링의 모습을 영상으로 찍어 학교의 치어리딩 코치에게 보냈고 합격이라는 소식을 받게 되었다. 세 학교 연합팀이지만 역시 남자는 나 혼자였다.

치어리딩 팀에 들어간 후 담당한 포지션은 백 스팟(Back spot). 보통 3명이 한 친구를 들어 올리는데 중앙에서 들어 올리고 중심을 잡아주는 역할이다. 제대로 들어 올리기 위해서 백 스팟의 역할은 중요했다. 나는 백 스팟 역할뿐만이 아닌 마스코트가 되어 확성기를 들고 응원 구호를 외치는 역할도 했었다. 남자라는 이유로 특별한 혜택을 받은 것은 없었다. 치어리딩은 어느 학교나 학교의 꽃이기에 경쟁이 치열하다. 특히 우리 학교는 세 학교 연합팀이니 더욱 치열했다. 매년 오디션을 봐서 합격을 해야 했다. 신입생들이 잘하면 선배라고 자리를 보장해 주지 않고 탈락한다. 팀 내 유일한 남자인 나도 다른 치어리더 친구들과 같이 매년 오디션을 봐야 했고, 같은 춤과 역할을 담당해야 했다. 열심히 하는 나에게 친구들은 모두 선생님의 애제자로 불렀다.

무엇보다 치어리더를 통해 가장 하고 싶었던 남자 치어리더에게 따라오는 게이라는 편견을 깨는 데 성공했다. 치어리더로서 내가 풋볼 팀의 첫 시합 응원을 나간 날이었다.

세 개 학교 연합으로 구성된 운동 팀이었던 만큼 많은 학생들이 첫 시합을 보러 왔다. 치어리더가 되기 위해 많은 노력을 했고, 학교에서도 친구들과 연습을 하면서 나름대로 자신감도 있었다. 하지만 유일한 남자인 내가 많은 사람들 앞에서 춤을 추는 것은 생각보다 쉬운 일이 아니었다. 그때는 치어리더 친구를 들어 올리는 역할이 아니라 다른 친구들과 동일하게 춤을 추는 역할이었다. 많은 사람이 집중하고 있는 상황에서 더 잘해야 한다는 생각 때문에 이었는지 긴장이 많이 되었다. 그러나 다행히 그날 나는 맡은 역할을 잘했고, 그 이후 치어리더로도 유명인이 되었다.

우려했던 대로 아이들은 내가 게이냐고 물어보기 시작했다. 게이일 거라고 생각해 실제 게이 친구들은 나에게 프로포즈를 하기도 했다. 내 친구가 치어리더를 못하게 했던 편견을 내가 직접 체험하고 겪어내야 했다. 하지만 나에게는 누구 하나 신체 부위를 건드리거나 놀리지 않았다. 아마 내가 체격이 크고 힘이 세기 때문에 함부로 하

195파운드의 남자, 치어리더가 된 이유

지 않았다고 생각한다.

　그리고 무엇보다 중요한 것은 11학년인 지금은 나에게 게이냐고 물어보는 친구가 없다는 것이다. 내가 동성애자가 아니라는 것을 학교의 모든 학생이 알게 되었기 때문이다.

내가 195파운드 레슬러라고 하면　한 번 놀라고
치어리더라는 것에 두 번 놀란다.

　이미 말했던 것처럼 치어리더가 되려고 했던 이유는 친구 때문이었다. 치어리딩을 하고 싶었지만, 게이라는 놀림을 받을까 걱정을 했던 친구에게 위로가 되어 주고 싶었다.

　"여자와 남자가 할 수 있는 일이 정해져 있는 것은 아니다. 여자들이 주로 하는 일을 남자가 한다고 해서 놀림을 받거나 비난받아서는 안 된다."

　세상이 가지고 있는 보이지 않는 편견이 깨진다면 죽고 싶다고 말했던 친구가 살아가는 이유를 찾게 되지 않을까 싶었다. 그렇게 시작한 치어리더였지만 친구들의 편견을 깨는 데도 몇 년이라는 시간이 걸렸다. 아직도 우리 팀 남자는 나 하나다. 커밍아웃을 한 친구들에게도 치어리더로의 도전은 아직도 힘든 도전임을 안다.

　사람들은 보통 학교에 관해 물을 때 어떤 운동을 하는지 물어본다. 대외적 활동으로 나는 양복을 입는 일이 많다. 사람들은 당연히 내가 정치인이 될 거라고 생각한다. 그리고 점잖을 거라고 생각한다. 그런 내가 195파운드 레슬러라고 하면 한 번 놀라고 치어리더라는 것에 두 번 놀란다.

이 또한 사람들이 나에게 갖고 있는 편견 때문에 놀라는 것이다.

세상은 많은 편견으로 가득하다. 우리 속에 스며들어 있는 이런 편견으로부터 자유로워지거나 이겨내는 것은 쉽지 않다. 하지만 이런 편견들이 우리의 삶을 구속한다면 그런 편견을 깨기 위한 노력은 계속되어야 한다고 생각한다.

많은 시간이 걸리지만 포기하지 않아야 한다. 그러다 보면 단단한 편견에 작은 균열이 생기게 되고, 그 균열로 인해 우리의 삶은 보다 자유롭게 될 것이다.

◀ 학교 홈페이지에 있는 치어리더 사진. 우리 학교는 3학교가 연합팀으로 구성되어 있다. 유일한 남자인 나는 반팔 티에 긴바지를 입는데 학교 측에서 나만을 위한 유니폼을 별도로 제작해준다.

▲ 레슬링 2019 Cutter Classic 토너먼트에서 195파운드 2위를 했다. 사람들은 내가 레슬러라고 하면 한번 놀라고 치어리더라는 것에 두번 놀란다.

6

나를 성장시킨 사람들

엄마

엄마는 싱글 맘이다. 한 살 때부터 나를 혼자서 키우셨고, 나의 유일한 든든한 버팀목이다. 아빠가 없었지만 아빠의 빈자리를 느낄 수 없었고, 형제가 없었지만 혼자라는 외로움을 느끼지 않았다.

엄마는 오 남매이다. 나에게 이모와 삼촌이 네 분이나 있는 것이다. 삼촌은 아빠가 되어주었고, 때로 이모들은 엄마가 되어주기도 했다. 이모와 삼촌으로 인해 외롭지 않고 누군가의 빈자리를 느끼지 못하고 지낼 수 있었다. 무엇보다 나에게는 여섯 명의 사촌들이 있다.

나와 또래인 그들은 때로는 친구, 때로는 누나와 형, 때로는 동생이 되어주었다. 그들과 지내면서 나는 자연스럽게 사람들과 어울리는 법을 배웠고, 배려하는 법을 배울 수 있었다. 그리고 언제나 내 편이신 할아버지, 할머니와 함께 살며 어른들에게 예의 바르지만 친근하게 지내는 법을 배울 수 있었다.

이 모든 것은 엄마 덕분이었다. 엄마는 식구들과 함께 지내면서 어린 나를 외롭지 않게 해주기 위해서 노력했고, 혼자인 내가 다른 사람들과 어울리는 법을 배울 수 있도록 해주셨던 것이다.

무엇보다 엄마는 나에게 어떠한 것도 강요하지 않으셨다. 영어 교육도 마찬가지였다. 모국어도 제대로 모르면서 영어를 배우는 것은 맞지 않는다고 생각했다는 것이 엄마의 설명이었다. 그래서 미국에 이민을 갔을 때도 단순한 인사만 하고 영어를 전혀 하지 못한 이유이기도 했다. 초등학교 입학할 때도 그랬다. 학교에 갔을 때 학교 친구들은 어느 정도 책을 읽는 수준이었다. 하지만 나는 겨우 떠듬떠듬 글을 읽을 정도로 한글도 제대로 배우지 않고 학교에 입학했다.

그렇게 입학했지만 공부를 하라는 말을 한 번도 엄마에게 들은 적이 없다. 학원에 다니겠다고 한 것도 내가 원하는 것이었고, 100점을 받지 못하면 울었던 것도 엄마에게 혼날까 봐가 아닌 내가 원하는 목표를 이루지 못하는 것이 속상했기 때문이었다.

친구들을 집으로 데려왔을 때도 그랬다. 학교가 끝나고 10명의 친구를 우르르 데리고 와도 엄마는 한 번도 나에게 얼굴을 붉히신 적이 없었다. 내가 친구들에게 아이스크림을 사주겠다며 매일 만 원을 달라고 해도 엄마는 기꺼이 돈을 주면서 재미있게 놀라는 말씀만 하셨다.

수영을 할 때도 경기에 나갔지만 다리가 부어 경기를 끝까지 할 수 없었던 상황에서도 엄마는 강요하지 않으셨다. 포기하자고 말은 했지만 끝까지 해보겠다고 하는 나를 더 이상 말리지 않았고 그저 걱정만 하셨을 뿐이었다.

내가 인종차별 문제로 학교와 갈등을 일으킬 수 있었던 일에서도 엄마는 내가 끝까지 포기하지 않도록 응원해 주셨다.

엄마는 다른 사람에게 방해되지 않기 위해
오른손 쓰기를 강요하셨다.

그런 엄마가 내게 강요한 것이 한 가지 있다. 그것은 바로 오른손 쓰기. 나는 원래 태어나면서부터 왼손잡이였다. 왼손잡이에 대해 좋지 않은 시선이 친척 어른들 사이에서 있었던 것 같다. 친척들과 모여서 밥을 먹을 때마다 "오른손으로 밥을 먹어야지."라는 말을 자주 들었던 기억이 있다. 나는 그때마다 엄마를 쳐다봤지만, 엄마는 별말씀을 하지 않으셨다.

그런데 언제부터인지 모르지만 엄마는 오른손 쓰는 연습을 시키셨다. 글만은 오른손으로 쓰게 했다. 왼손으로 쓰다가 오른손으로 쓰는 것이 쉽지 않았던 거 같다. 오른손으로 쓰는 연습을 할 때마다 하기 싫어서 엄마에게 투정을 부렸던 기억이 있다. 하지만 시간이 지나고 어느 순간 오른손으로 글을 쓰게 되었고, 지금은 오른손과 왼손을 자유자재로 쓰는 사람이 되었다.

오른손으로 글을 쓰게 한 이유에 대해서 엄마는 이렇게 설명했다.

"유치원에 들어가서 다른 친구에게 불편을 줄까 봐 걱정스러웠어. 같은 책상에 앉아있는 친구가 대부분 오른손잡이인데 네가 왼손잡이이면 부딪치게 되어 그 친구가 글을 쓰는 데 불편할 수 있으니까 너도 오른손으로 글을 쓰는 것이 좋겠다고 생각했지."

엄마는 그렇게 다른 사람을 방해하지 않도록 하기 위해 오른손 쓰기를 강요하셨던 것이다. 엄마의 아들로 태어남으로 인해 사람들과 어울리는 법을 자연스럽게 배울 수 있었고, 엄마의 가르침으로 인해 다른 사람들을 배려하기 위해 노력해야 한다는 것을 터득할 수 있었다.

이렇듯 엄마는 내가 하는 모든 활동과 생활에 든든한 지원군이며, 협력자이다.

◀ 초등 4학년 엄마 생신날. 선물로 카드와 꼬깃꼬깃한 백불을 드렸다. 엄마는 아직도 백 불을 안 쓰시고 가지고 계신다.

내가 영화에 캐스팅된 적이 있다. 『Spider Man: Far From Home』에서 Tom Holland의 친구로 출연했다. 대사 한마디 없는 그저 눈 깜짝할 사이에 지나가는 역할이었다. 그래도 이틀이나 촬영을 했고, 그 영화는 나의 할리우드 첫 영화다.

내가 영화에 출연하게 된 것은 바로 나의 사촌 윤지 때문이었다. 윤지는 선천성 뇌성마비 장애인으로 혼자서는 뒤집지도, 스스로 앉지도 못한다. 오른손으로 간신히 수저와 연필을 잡을 수 있을 정도지만 스스로 글을 쓰고 먹으려고 노력한다.

윤지는 몸을 마음대로 움직일 수 없는 대신 암기력과 어휘력이 뛰어나다. 그녀는 최고의 공립학교에 다니고 있고, 그 학교에서 뛰어난 성적을 유지하고 있다. 손이 불편해 손으로 풀어야 하는 수학 과목에서는 어려움을 겪지만, 일반인의 몇 배의 노력으로 전 과목에서 우수한 성적을 기록한다.

윤지는 다른 분야에 관심도 많다. 책을 좋아해 항상 책을 읽는다. 특히 성경책 보는 것을 좋아하고, 역사와 정치 책들을 즐겨 보기도 한다. 성경책을 보면서 재미있다고 웃는 사람은 아마 윤지가 유일하지 않을까 하는 생각이 든다.

윤지의 꿈은 영화배우다. 영화에 출연하고 싶어 하고 오디션에 도전도 한다. 덩달아 나도 캐스팅되어 영화를 찍었던 적이 있다. 영화 Spider Man: Far From Home에 휠체어를 탄 엑스트라가 필요하다는 것을 알고 나도 윤지와 함께 사진과 프로필을 보냈고 합격을 했다.

 할리우드 영화 제작 환경을 잠깐 이야기하면 할리우드 영화는 개봉 전까지 보안에 신경을 많이 쓴다. 그래서 가짜 이름으로 촬영을 하는 것이다. Spider Man은 'Bosco'라는 제목으로 촬영을 했다. 촬영 장소였던 뉴욕에 있는 고등학교에서는 다른 이름의 영화도 함께 촬영을 하고 있었다. Tom Holland가 Spider Man 외에 옆에서 촬영하고 있는 다른 영화에도 출연을 하고 있어서 같은 장소에서 촬영을 한 것이었다. 그 영화가 바로 유명한 『Avengers: Endgame』이었다. 난 덕분에 유명한 배우들을 많이 만날 수 있었다. 그러나 계약서에 배우에게 사진 촬영을 요청하지 못하도록 명시되어 있기에 아무리 유명한 배우가 지나가도 함께 사진을 찍자고 하는 사람들은 없었다.
 영화 출연을 기회로 영화 필름 시장에 대해서 알게 되었고, 기회가 되면 대사가 있는 조연으로 출연도 하고 싶었다.
 하지만 엑스트라가 감독 눈에 들어 조연으로 출연하게 되는 것은 거의 불가능하다. 처음부터 다른 루트로 시작해야 한다. 대사가 있는 조연급 이상은 대부분 소속사를 통해서만 가능하다. 소속사 없이 혼자 배역 오디션을 보러 가는 경우 사기를 당하는 경우가 많다. 소속사에 오디션을 보고 들어가는 경우도 있지만 좋은 연기 학원과도 연결이 되어있어 학원을 통해서도 소속사를 찾을 수 있는 기회가 있다. 그래서 나와 윤지는 오디션을 보고 뽑는 액팅 스쿨에 합격해 6개월 동안 다니고 수료증을 받았다.

I am The Brian

액팅 스쿨에 다닌 덕분인지 지금도 유명한 TV show와 할리우드 영화 엑스트라 제의를 받고 있다.

몇 번의 오디션도 봤다. 오디션을 보면 윤지의 연기에 심사위원들은 항상 운다. 배역에 몰입하는 것이 뛰어나기 때문에 그런 것 같다. 나에 대해서는 캐릭터가 있다고 평가한다. 내가 가지고 있는 자신감을 심사위원들이 좋아하는 듯했다. 그러다 11학년 초에는 1차 오디션에 뽑혀 할리우드 대형 기획사들의 오디션을 볼 기회가 생겼다.

그 기회를 잡기 위해서는 서부에 가서 몇 주 동안 보내야 했다. 하지만 난 영화배우가 꿈이 아니고 공부로서 중요한 시기였기 때문에 신중하게 결정을 해야 했다. 우선 공부에 전념하고 대학에 진학한 후에 다시 기회가 생긴다면 그때는 다시 도전을 해볼까 생각하고 있다.

윤지가 장애를 가져서 불편하다는
생각을 한 번도 한 적이 없다.

요즘 윤지는 영화 『알라딘』를 본 후 주연배우인 Naomi Scott에게 푹 빠져있다. 어떻게 알았는지 Naomi의 매니저를 알게 되어 연락처를 주고받았다. 그리고 곧 Naomi와 화상통화를 하기로 했다.

좋아했던 가수 Christina Grimmie의 가족들과도 연락을 하면서 지낸다. Christina Grimmie는 2016년 공연 중에 팬이 쏜 총에 맞아서 사망했다. 그녀에 대한 그리움을 편지로 쓴 윤지는 그 편지를 크리스탈 액자에 넣어 그녀의 묘지에 가져다 두었다. Christina Grimmie의 가족들은 윤지의 편지 액자를 가지고 갔고 윤지를 수소문해서 연락을 해왔다. 나는 지금도 매년 윤지와 함께 총기 사망 가족들을 위한 후원회 'Christina Grimmie Foundation' 행사에 참석한다. 그 행사에서 그녀의 남겨진 가족인 아빠와 오빠를 만난다.

윤지가 Christina Grimmie에게 더 가깝게 느끼는 것은 Christina Grimmie의 엄마가 유방암으로 돌아가셨기 때문이다. 윤지의 엄마도 유방암으로 수술을 하셨다. 지금 Christina Grimmie의 엄마는 딸 옆에 함께 묻혀계신다.

이렇게 윤지는 관심 있고 좋아하는 일에는 대단한 능력을 발휘하여 연락을 하고 나름대로의 네트워크를 구성한다.

민주당을 지지하는 윤지가 트럼프 대통령이 당선되었을 때 오바마 대통령에게 이메일을 보낸 적이 있다. 이메일을 보여주지 않아 어떤 내용인지는 확인할 수 없지만. 트럼프 대통령의 정치색과 공약들에 대한 불만, 오바마 대통령 시절이 좋았다는 내용이지 않을까 하는 추측을 한다. 윤지의 이메일에 오바마 대통령이 친필로 답변을 보내왔다.

윤지가 장애를 가졌다고 불편하게 생각을 한 적이 한 번도 없었다. 영화를 보거나 실내에서 놀 때는 바닥에 함께 누워있거나 윤지가 휠체어에 앉아있으면 나는 소파에 앉는다. 밖에서 놀 때도 윤지는 전동 휠체어로 함께 달린다. 윤지의 눈높이에서 대화하고 놀기 때문에 어떤 특별한 불편함도 느낀 적이 없었다.

윤지를 통해서 포기하지 않는 집념과 끈기를 배우는 것 같다. 무엇보다 윤지는 사회적인 약자에 대한 관심을 갖게 된 이유가 되어주었다. 몸이 불편할 뿐이지 남들과 다르지 않다는 것을 알기 때문에 불필요한 동정심과 도움을 주지 않는다.

나는 매년 여름 밀알이라는 장애인 단체에서 개최하는 캠프에 참석한다. 몇 년째 나와 같은 이름을 가진 브라이언이라는 친구와 캠프에서 만나 함께 지낸다. 브라이언은 큰 체격에 나이보다 어린 지능을 가지고 있다. 내가 이 친구를 맡게 된 것은 체격이 크고 힘이 세기 때문이다. 이 친구는 7학년 처음 만났을 때도 나보다 키와 체격이 컸다. 매년 만날 때마다 나의 기대와 달리 항상 나보다 더 키도 크고 체격도 커져서 온다. 항상 방을 탈출하려면 막고, 많이 먹으면 못 먹게 막는 나를 미워하며 "Go Brian!"이라는 말을 종일 외치지만 매년 날 기억 못 하는 듯하다. 나는 나를 기억하지 못하는 브라이언을 만나는 게 설렌다. 그리고 나보다 더 순수하게 예배 보는 모습에 감동한다. 나는 이 일이 재미있고 즐겁다. 좋아서 하는 일이다. 장애인도 우리 사회에서 함께 살아가는 구성원이기 때문에 그들과 지내야 하는 것은 어쩌면 당연한 일이다.

윤지는 Asian American Youth Council 발대식에서 연설을 하기도 했다. 윤지의 연설에 정치인분들이 모두 일어나 기립박수를 쳤다.

"안녕하세요. 저는 테너플라이 고등학교 11학년에 재학 중인 이윤 지입니다.

저는 태어났을 때부터 걷지 못합니다. 저 스스로 온전히 앉을 수도, 스스로 먹을 수도 없습니다.
전 지금까지 제 장애가 원망스러웠습니다.
그리고 제가 보통 학생과 같은 정도의 공부를 하려면 열 배 이상의 노력을 해야 한다는 걸 이해하지 못하는 사람들이 미웠습니다.

전 AAYC를 통해 사회 및 시민 참여하는 법을 배웠습니다.
저희 아시안 커뮤니티는 그간 소수민족이라는 이유로 저희 목소리 가 무시된다며 불평하였습니다.
하지만 대부분의 아시아인이 사회에 참여하지 않고 있다는 사실을 알았습니다.
저는 오늘 여러분께 묻겠습니다. 장애를 가진 제가 할 수 있다면 왜 아시안 커뮤니티가 그렇게 할 수 없습니까?

여러분과 제가 가진 장애물은 진실이며, 현실입니다.
그만 불평하십시오.
간디는 세상이 바뀌기를 원한다면 먼저 변화되어야 한다고 말했습니다.

우리 함께 바꿔봅시다.

우리 함께 한목소리를 냅시다.

제가 먼저 앞장서겠습니다.

감사합니다."

Hello, I'm Yunji Lee.

I'm in the 11th grade at Tenafly High School

I have not been able to walk since I was born.

I can't sit up properly by myself and I have trouble eating by myself. Throughout my life,

I've hated my disability, and I've hated the people who didn't understand that I had to put in more than ten times the effort in comparison to other students to keep up with my studies.

Through AAYC, I've learned to advocate for social and civic engagement.

The Asian community has been constantly complaining that because it is in the minority in the United States, voices aren't heard. Yet, I've learned that a lot of Asians don't participate in society

So today I'm asking,

나를 성장시킨 사람들

If I can stand up for myself as a disabled individual, why can't the Asian community do it?

The obstacles you and I have are true and real. No more complaining. As Ghandi said, be the change you want to see in the world.

We change together, we use our voices together.

I'll take the lead first.

Thank you.

내가 사회적인 이슈에 민감하고, 나보다 약한 사람들에게 도움을 주는 것을 당연하게 생각하는 것은 윤지를 통해서 자연스럽게 익히게 된 것 같다. 윤지는 나보다 더한 행동가이고 달변가이다. 그래서 나는 나보다 어린 동생 윤지를 존경한다.

▲ 뇌성마비 사촌동생 윤지. 수술을 많이 하지만 절대 진통제를 먹지 않고 버틴다. 진통제가 뇌 기능을 손상시킨다고 믿는다. 윤지는 강하고 나보다 용감하다.

I am The Brian

선생님들

"왜 친구 다리를 걸었어?"

학교가 끝나고 집에 가니 엄마가 나에게 물었다.

"엄마가 그걸 어떻게 알아?"

학교에서 일어난 일을 엄마가 알고 있다는 것이 의아해서 물었다.

"선생님이 전화하셨어. 네가 친구를 발로 걸었는데 이유 없이 그럴 애가 아닌데 이상하다고. 이유를 물어봐도 대답을 안 한다고. 그래서 엄마가 알아서 이유를 알려달라고 하셨어."

엄마의 설명에 나는 학교에서 일어난 일에 관해서 설명했다.

"Max(유대인 친구)가 내 아픈 다리를 계속 발로 찼어. 며칠 동안 참았고 하지 말라고 했는데 선생님이 안 보면 계속 발로 차. 그래서 화가 나서 내가 다리를 걸었어."

5학년 때 수업시간. 수업이 시작되고 자리로 돌아가 Max가 내 옆을 지나갈 때 내가 책상 밖으로 다리를 내밀어 그 친구가 넘어지는 사건이 있었다. 그 일에 대해서 선생님은 내가 그렇게 한 이유에 대해서 궁금해했고 '왜 그랬는지'를 물어보셨다. 하지만 나는 대답을 하지 않았다.

나는 친구의 사소한 잘못이나 행동을 선생님에게 말하지 않는다. 그것은 비겁한 행동이라고 생각하고 있기 때문이었다. 그리고 Max가 개구쟁이이고 나를 괴롭히려고 나에게 그렇게 발로 차는 행동을 했을 것이라고 생각하지 않았다.

한국에서는 보통 친구들 사이에서 일어나는 사소한 일을 선생님

나를 성장시킨 사람들

께 이르는 학생들은 없다. 하지만 미국은 아주 작고 사소한 일도 선생님께 얘기하는 친구들이 많았다. 이에 대한 문화적인 차이를 느끼고는 했었다.

다음 날 엄마를 통해 내가 Max의 다리를 건 이유를 안 선생님은 나를 부르셨다.

"Brian 먼저 이야기를 해야 큰 사고를 막을 수 있어. 그래야 억울한 일을 당하지 않는단다."

선생님은 내가 작고 사소한 일에도 말을 해야 하는 이유에 대해서 교육이 필요하다고 생각하신 듯했다. 그래서 수업 대신 몇 분의 상담 선생님을 만나 교육을 받도록 해주셨다.

그날 저녁 Max 부모님에게 전화가 왔다. 엄마에게 미안하다고 사과를 했고, Max도 울면서 나와 엄마에게 사과를 했다.

내가 작고 사소한 일도 선생님에게 이야기를 해야 하는 이유를 알게 되면서 내 목소리를 내야 하는 이유도 함께 알게 되었다. 문화적인 차이를 느꼈지만 이런 차이를 알아가고 이해하면서 겁내지 않고 당당하게 나의 주장을 펼칠 수 있게 되었다.

Hernandez 선생님은 나의 옳지 못한 행동을 보시고도 나를 믿고 나에게 교육의 기회를 주었던 분이셨다.

만약 당신 학교에서 Brian을 뽑지 않는다면
당신들은 후회하게 될 것입니다.

Hernandez 선생님이 내가 미국이라는 낯선 나라에서 당당하게 살아갈 수 있도록 디딤돌이 되어주셨다면, 중학교 사회 선생님은 내가 원하는 학교를 진학할 수 있도록 도움을 주셨던 분이셨다. 이분은 나의 실력을 믿어주셨고, 학교 진학에 필요한 추천서를 써주셨다. 이분들이 아니었다면 원하는 학교에서 공부할 수 있는 기회를 갖지 못했을 수도 있다.

8학년 때 선생님은 추천서에 이렇게 써주셨다.

"만약 당신 학교에서 Brian을 뽑지 않으면 당신들은 후회하게 될 것입니다."

이 추천서를 써주셨던 선생님은 학교에 다니면서 수업받는 동안 친하게 지낸 것도 아니었고 다가가기도 어려웠던 분이셨다. 미국 선생님들은 친분보다는 객관적인 평가를 우선시하였다. 그래서 나에게 추천서를 써주신다고 먼저 말씀해 주셨지만 내심 걱정스러웠다.

그런 분이 나를 불러 추천서를 학교에 보냈다며 선생님이 써주신 추천서 카피 한 장을 나의 손에 쥐여주셨다.

"내가 생각하는 너를 객관적으로 평가했다. 내 추천서가 너에게 도움이 되었다면 초콜릿 한 통을 사다 주렴."

교실 밖을 나오며 추천서를 열어보았고 내 눈을 의심했다. 거기에는 나의 교실 밖 학교생활에 대해 자세히 쓰여있었고, 마지막 문장에 나를 뽑지 않으면 후회할 것이라는 내용이 적혀있었다.

나는 다음 날 바로 초콜릿 한 통을 사다 드렸다. 그리고 추천서의 영향인지는 알 수 없지만 원하는 고등학교에 입학할 수 있었다.

Roy 선생님을 만난 것은 7학년 때였다. 사회 선생님이었던 Roy 선생님은 시험 범위도 없고 교과서에서 시험 문제를 내지 않아 점수 받기가 어려운 수업으로 정평이 나있었다. 나는 특목고인 Bergen County Technical 고등학교에 입학이 목표였기 때문에 내신이 무엇보다 중요했다. 점수 받기에 어려운 수업이었고, 미국에서 태어나 자라지 않아 미국의 역사는 어려운 과목이었다.

고민 끝에 학기 첫날 선생님에게 이메일을 보냈다.

"한국에서 자란 나에게 미국 역사는 어려운 과목입니다. 나는 Bergen County Technical 고교에 입학하고 싶습니다. 그런데 선생님의 수업에서 좋은 성적을 받지 않으면 내 꿈이 좌절될지도 모릅니다. 내가 어떻게 준비해야 선생님 수업을 잘 따라갈 수 있는지 도와주십시오."

내가 보낸 메일을 확인했는지 다음 날 선생님은 나를 부르셨다.

갑작스러운 선생님의 부름에 혹시 나를 무례하다고 생각해 혼내는 것은 아닌가 하는 겁이 났다. 2m나 되는 선생님 앞에 서니 메일을 보낼 때의 당당했던 용기는 이미 사라지고 없었다.

하지만 나의 예상과 달리 선생님은 전혀 다른 반응을 보이셨다. 선생님께서는 부드러운 목소리로 나를 내려다보며 말씀하셨다.

"Brian이 용기를 내서 이메일을 보내줘 고맙다. 네가 진학하고 싶은 학교에 갈 수 있도록 적극적으로 돕겠다. 내가 책을 한 권 줄 테니 이걸 다 읽고 돌려줘. 네가 고등학교에 원서를 넣을 때 나를 찾아오면 내가 너의 추천서를 써주겠다."

선생님의 이야기에 이메일 보낸 것을 안심했고 그렇게 나에게 용기를 주는 선생님에게 고마움을 느꼈다.

돌아보면 나에게 무조건적인 응원을 보내주신 선생님들이 계셨다. 그 선생님들은 내가 성장할 수 있도록 필요할 때마다 도움을 주셨고, 그런 도움을 받은 나는 하고자 하는 일을 자신 있게 해나갈 수 있었다.

나의 성장을 위해 많은 사람이 버팀목과 길잡이가 되어주었다. 엄마는 내가 존재할 수 있는 힘을 만들어주었고, 윤지는 어려운 상황에서도 긍정적이고 도전하는 것이 중요하다는 것을 깨닫게 해주었다. 그리고 내가 미국 사회에서 한국인으로서, 아시아인으로서의 자부심을 가지고 살아갈 수 있도록 해주신 선생님들이 계셨다.

그분들이 있어 앞으로도 성장해 나갈 것이고 나를 위해서 힘써주셨던 분들처럼 다른 사람들의 성장에 기여하는 사람이 될 것이다.

7

사람을 살린 기쁨이 슬픔이 된 사건

2019년 5월 이상 기온으로 무더웠던 날. 친구와 학원을 끝내고 가는 길이었다. 건물 앞 그늘 아래 두 청년이 서있는 게 보였다. 그 앞을 막 지나려 할 때 갑자기 한 청년이 쓰러지는 것이었다. 순식간이었다.

청년이 쓰러진 후 바로 심폐소생술을 하지 않으면
생명이 위험했을 것이다.

쓰러지는 청년을 보고 바로 달려가서 기도를 확보한 후에 심폐소생술을 시작했다. 이미 그 청년의 눈동자는 사라졌고 숨을 쉬고 있지 않았다. 너무나 급한 상황이어서 심폐소생술을 멈출 수가 없었다. 그렇게 쉴새 없이 그 청년의 가슴에서 손을 떼지 않고 10분 정도가 지났을까? 그 청년의 숨이 돌아오는 것을 느낄 수 있었다. 옆에 가족인 듯한 남자분이 울기 시작했고 주변에는 어느새 사람들이 모여있었다. 한순간 그곳에는 함성과 박수 소리로 가득해졌다. 그리고 구급차와 경찰이 오기 전까지 심폐소생술은 이어졌고, 그의 의식이 조금씩 돌아오기 시작했다. 15분 정도가 지나면서 구급차와 경찰이 왔다.

쓰러진 청년을 봤던 그 순간 내 머릿속에 떠오른 것은 친구의 어머니였다. 한 달 전에 돌아가신 친구의 어머니도 갑작스럽게 쓰러지셨고 제때 치료를 받지 못하셨다. 쓰러지시면서 응급처치가 제대로 이뤄지지 않았던 것이다. 그 당시에 심폐소생술만 바로 했어도 생명에는 지장이 없지 않았을까 하는 아쉬움이 남아있었다. 어머니의 갑작스러운 죽음에 친구는 깊은 슬픔 속에 있어야 했고, 옆에서 친구의 슬픔을 봐야 하는 나도 위로가 되어주지 못해 미안했다.

내가 쓰러진 청년에게 다가가 기도를 확보하고 심폐소생술을 할 수 있었던 것은 라이프가드 자격증을 가지고 있었기 때문이었다.

라이프가드에 관심을 갖게 된 것은 수영 선수를 포기하면서부터였다. 나는 선천성 혈관기형 진단을 받으면서 그 치료 목적으로 수영을 배우기 시작했다. 의사 선생님이 치료를 위해서는 다리 근육을 단련해야 한다며 실내 자전거와 수영을 추천해 주었다. 그래서 3학년 때 수영을 시작했다. 처음에는 개인 레슨부터 시작했다. 집 근처에 수영장이 있었고 좋은 코치 선생님을 만나면서 자유형, 배영, 평영, 접영 등 모든 유형을 골고루 잘할 수 있었다.

나는 체격이 크지만 힘과 유연성이 뛰어난 편이었다. 외할아버지가 국가 대표 유도 선수여서 그랬는지 체력과 운동신경은 타고난 듯하다. 내 다리가 혈관기형만 아니었다면 외할아버지는 나를 유도 선수로 키우고 싶다고 하실 정도였다.

포기하고 싶었지만 여기서 그만두면
그동안의 노력이 물거품이 된다는 것이 싫었다.

개인 레슨 후에 팀에 합류하면서 대회에 나가기 시작했다. 그 중 첫 시합은 가장 잊을 수 없는 대회였다. 나에게 가장 힘든 날이었고, 태어나서 가장 많이 울었던 날이기도 했다. 첫 대회였기 때문에 좋은 기록을 남기고 싶었다. 그동안 수영을 하면서 모든 유형을 다 잘했기에 자신도 있었다.

하지만 시합 날 아침 왼쪽 무릎이 부어 굽혀지지가 않았다. 다른 유형은 통증을 참아가면서 할 수 있었는데 평영은 무릎을 굽히지 않으면 실격을 받기 때문에 통증을 참아내야 했다. 고통을 참는다는 것은 생각보다 쉬운 것이 아니었다. 포기하고 싶은 마음도 있었지만 여기서 그만두면 그동안의 노력이 물거품이 된다는 것이 싫었다. 실격하고 싶지 않았다. 어떻게 해서든지 참아내야 했다.

너무 아픈 나머지 울음을 멈출 수가 없었다. 물속에서도 통증 때문에 울어야 했고, 쉬는 시간에도 아픔 때문에 눈물이 흘러내렸다. 그런 나를 보면서 엄마는 포기하자고 했고 돌아가자고 했다. 나를 보는 엄마의 모습이 더 힘들어 보였지만 나는 여기서 포기할 수 없었다.

다행히 실격을 당하지 않았고 내가 통증을 참아낸 덕분인지 모든 종목을 마칠 수 있었다. 그 이후로도 오랫동안 수영을 했고 만 12살 때 주니어 올림픽 롱 코스와 쇼트 코스에서 종목별로 여러 개의 '골드 타임' 기록을 가질 수 있었다.

학년이 올라가면서 더 좋은 기록을 받는 수영 선수가 되기 위해서는 Dry Land(육지 운동)를 병행해야 했고 더 많은 시간을 투자해야 했다. 전문 선수 생활을 하기에는 내 다리와 관절로는 무리라는 판단이 들었다. 무엇보다 첫 시합 이후에 대회 도중에 다리가 붓지 않을까 하는 걱정에 트라우마가 생겼다. 난 과감히 수영 선수 생활을 접기로 결정했다.

사고는 순식간에 일어나기 때문에
체계적이고 정확하게 배우는 것이 필요하다고 생각했다.

수영 선수가 되지는 못하지만 나름대로 좋은 수영 실력을 가지고 있었기 때문에 이 실력으로 남에게 도움이 되었으면 좋겠다는 생각이 들었다. 그러면서 라이프가드에 대해서 알게 되었고 15살에 라이프가드 자격증을 따야겠다는 목표가 생겼다.

라이프가드(수상인명구조원)가 되기 위해서는 일정 기간 교육을 받아야 하고 테스트를 거쳐야 한다. 개인 안전, 응급처치, 수영 구조, 장비 구조, 심폐소생술, 기도 폐쇄 등을 배워야 했다. 이를 위해 YMCA에서 종일 필기와 실기 수업을 며칠 동안 들어야 하고 테스트도 받아야 했다.

수영을 배운 나에게 테스트는 그리 어려운 것이 아니었다. 물안경을 쓰지 않은 채 벽돌을 몇 미터 아래에 두고 집어오기, 팔짱 끼고 물에 직립으로 서서 발로만 몇 분 동안 서있기, 쉬지 않고 몇십 랩 왕복 수영하기 등이었다.

사고는 순식간에 일어나기 때문에 이렇게 체계적으로 정확하게 배우는 것이 필요하다고 생각했다. 아무리 수영을 잘한다고 해도 사고가 나면 나도 허둥지둥할 수 있기 때문이다. 정식으로 배우고 실습을 하는 것이 필요하다고 판단했다.

그렇게 시간을 들인 결과 라이프가드가 될 수 있었고, 그 덕분에 누군가에게 도움이 될 수 있었던 것이다.

내가 심폐소생술로 살린 그 청년은 한국인이었다. 그날 한국에서 놀러 온 사촌동생과 함께 있었다고 했다. 그 청년이 구급차로 병원에 실려 가고 이틀 동안 깨어나지 못했다가 깨어난 후 나에게 연락이 왔다. 감사하다며 식사 대접을 하고 싶다는 것이었다. 하지만 나는 당연히 해야 할 일을 했을 뿐이라고 생각했고 그래서 마음은 고맙지만 괜찮다고 말했다.

청년이 숨을 쉴 수 있도록 도운 일은 나에게는 누군가의 생명을 살리는 데 도움이 되었던 기쁜 일이기도 했다. 하지만 미국 사회가 비주류 동양인에게 어떻게 대우하는지를 여실히 알 수 있는 기회이기도 했다.

구급차와 경찰이 도착했을 때 그 청년은 완전하게 의식이 돌아오지 않았지만 비틀거리며 서서 구급차에 타는 것을 거부했다. 미국은 보험이 없는 사람들에게 의료비가 엄청나게 비싸기 때문이고 구급차에 대한 비용도 몇천 불을 내야 하기 때문이다. 하지만 경찰과 구급대원은 구급차 타기를 거부하는 그 청년에게 주사를 놓고 강제적으로 태웠다. 이는 마치 그를 범죄자 취급하는 듯 보였다.

경찰은 그와 같이 있었던 가족과 주변 사람들에게 그 청년이 마약을 했는지를 물었다. 하지만 모두 그가 마약을 하지 않았다고 답했다. 함께 있었던 그 가족은 미용실에 갔다가 나와 택시를 기다리고 있던 중에 갑자기 쓰러진 것이라고 진술했다. 그렇게 가족과 주변 사람들이 증언을 했음에도 경찰들은 쓰러지게 된 경위에 대해 더 이상 물어보지 않고 그를 범법자 다루듯 강제적으로 구급차에 태운 것이다.

그 모습을 보면서 나는 그가 만약 백인이라면, 동양인이 아니라면 바로 몇 분 전까지 죽을 고비를 넘기고 깨어난 사람이 경찰로부터 그런 범죄자 취급을 받았을까 하는 생각을 할 수밖에 없었다.

백인이 아니라는 이유로, 동양인이라는 이유로, 소수 인종이라는 이유로 미국 사회에서는 공공연하게 차별받고 편견 어린 시선을 받고 있다. 그 차별과 편견으로 인해 본인이 모르는 사이에 범죄자로 몰리기도 하고 범죄자로 기록되기도 한다.

누군가를 살렸다는 기쁨보다는 미국 사회의 차별적인 민낯을 보았던 사건이었다. 생명의 존엄성 앞에 누구나 평등해야 한다. 만약 진짜 범죄자라 할지라도. 이를 위해서 앞으로 나는 무엇을 할 것인지를 고민하고 행동하려고 한다.

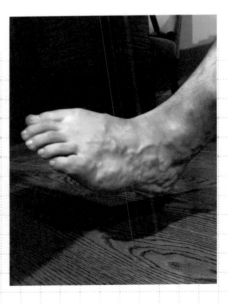

▶ 나는 지금도 왼쪽 다리 전체에 혈관 기형을 가지고 살고 있다. 이 다리로 인해 수영을 배우면서 포기하고 싶었던 순간들이 있었고 치어리딩과 레슬링을 할 때도 수시로 얼음찜질을 해야 한다. 현재 나를 알고 있는 분들도 내 다리를 본 적이 없기 때문에 내가 아픈 걸 모르신다. 내가 이 책을 쓰고 발을 처음 공개하는 이유는 나와 같은 환우들에게 희망을 주고 싶어서다.

I am The Brian

한인 고교생이 팰팍서 쓰러진 한인 청년 구해

팰리세이즈파크에서 갑자기 쓰러진 한인 청년을 17세 고교생 등 주변의 한인 주민들이 도와 큰 위기를 모면한 사연이 감동을 자아내고 있다.

리지필드에 거주하는 박 모 씨(25)는 20일 미국에 방문한 사촌동생과 팰팍에 갔다가 더위가 심해지자 예정보다 일찍 귀가하기로 했다. 하지만 오후 5시30분쯤 귀가하기 위해 우버를 부르려던 참에 갑자기 쓰러졌다. 박 씨의 사촌동생 나대웅 씨는 "우버를 부르려고 잠깐 그늘에 갔는데 갑자기 형이 쓰러져서 당황해 행인에게 신고를 부탁했다"고 당시 상황을 전했다.

마침 인근의 학원에서 공부하다가 휴식을 취하고자 산책 중이던 버켄아카데미 테터보로고등학교 10학년 브라이언 전(17·사진) 학생이 길에 쓰러진 박 씨를 보고 한달음에 달려가 그의 상태를 확인했다.

그는 "환자가 쓰러진 것을 보고 달려가 보니 이미 숨을 안 쉬고 있어서 나도 무척 무서웠다"며 "(호흡 정지로) 심장이 언제 멈출지 모른다는 생각이 들어 14분 동안 심폐소생술을 하며 응급대원들을 기다렸고, 엠뷸런스가 도착하기 직전에 환자의 의식이 돌아오는 듯 했지만 전신에 경련이 있어 결박 후 병원으로 후송했다"고 당시 상황을 전했다.

전 군은 "최근 친구의 어머니도 심장계 질환으로 쓰러졌는데 주변에 도움을 줄 사람이 없어 결국 돌아가셨다"며 "환자가 쓰러졌던 당시 그 자리를 지나가고 있었던 것이 다행이고 그를 도울 수 있었음에 감사하다"고 말했다. 전 군은 여름에 수영 코치로 활동하고 있으며 라이프가드 자격증도 소지하고 있다.

▲ 쓰러진 청년을 살린 후 미주 중앙일보에 실린 기사.

8

학교의 일방적인 통보에 맞서다

"브라이언, 학생들은 모두 전자 담배가 나쁘다는 것을 알고 있죠?"

"아마도요."

"지금은 'yes'라고 대답해 주세요."

"네. 그런데 왜 그 말씀을 지금 하시는 거죠?"

"모든 학생이 담배가 몸에 안 좋은 것을 알고 있지만 담배를 피웁니다."

교장 선생님의 담배 이야기에 조금은 의아했다. 어떤 의도로 이야기를 꺼내는지 짐작이 가지 않았다.

"한 명의 학생이 성적 확인을 하루 평균 몇 번 하는지 아나요?"

"정확히는 모르지만 많이 하는 건 알고 있습니다."

"우리 학교 학생이 평균 30번을 넘게 성적 확인을 합니다. 140번 가까이하는 학생도 있을 정도입니다. 이렇게 성적 확인을 자주, 많이 하는 것은 담배 중독과 같습니다. 건강에 해롭다는 것을 알면서도 멈출 수가 없는 거죠."

성적 확인과 담배 중독을 비유하면서 교장 선생님은 학교의 결정을 번복할 수 없다는 설명을 길게 하신 것이다. 교장 선생님의 설명대로 학교 측의 방침은 이해하지만 이를 일방적으로 통보하는 학교 측의 태도를 정당화할 수는 없었다.

성적 확인을
오후 6시부터 10시까지로 제한한다.

11학년 초 학교에서 이메일이 왔다.

"성적 확인을 오후 6시부터 10시까지로 제한한다."

특목고라는 학교의 특성 때문인지 학생들은 성적에 매우 민감하다. 하루에 한 학생이 성적 확인을 위해 사이트에 접속하는 횟수가 30번에서 40번에 이른다. 많게는 하루에 140번 접속하는 학생도 있을 정도다.

성적 스트레스가 많은 상황이었기 때문에 학교에서는 스트레스를 줄이기 위한 방안으로 성적 확인 시간을 제한하겠다는 방침을 정한 것이었다. 이와 함께 학교는 스트레스 매니지먼트 룸을 만들기 위한 예산을 사용했고, 일 년 중 하루를 단축 수업하기로 결정한 것이다.

학교 측의 이런 방침에 친구들은 말이 안 된다고 지적했다.

"학교 성적을 바로 확인하지 않으면 성적이 나쁘거나 잘못 표기되었을 때 담당 과목 선생님에게 바로 확인해서 수정을 할 수 있는 시간이 없잖아."

이런 이유 때문에 더 스트레스를 받는다는 말들을 했다.

성적 확인 시간으로 정한 오후 6시부터 10시에는 학생들이 실제로 다양한 활동을 하는 시간들이다. 방과 후에 학원을 가거나 운동을 하거나 봉사를 하기도 한다. 그렇게 많은 활동을 하는 학생들에게는 성적 확인 시간을 놓칠 수 있기 때문에 학생들은 불만을 표출한 것이다.

하지만 학교 측도 이해는 된다. 부모가 성적을 함께 확인한다고 해도 140번씩이나 성적을 확인하는 것은 분명히 문제가 되기 때문이다. 이를 개선해야 할 필요성은 있다.

학생도, 학교도 이해가 되는 상황이었다. 하지만 나는 학교 측이 학생들의 의견을 묻지 않는 것과 변화된 환경에 익숙해질 시간도 주지 않고 일방적으로 통보하고 바로 시행했다는 점을 지적하고 싶었다.

이는 학생들에 대한 존중이 없었기 때문이라는 생각이었다. 단순하게 '학교 유니폼을 입느냐 안 입느냐' 하는 사안을 가지고는 학교가 자체적으로 결정한 후에 통보할 수 있다고 생각한다. 하지만 성적 확인은 다른 문제였다.

성적으로 인해 학생들의 스트레스는 이미 심각한 수준이었다. 성적으로 인한 우울증과 자살 충동이 발생하고 있는 상황이었고, 나도 예외는 아니었다.

그래서 엄마는 7학년 때부터 성적 확인을 안 하셨다. 내가 스스로 얼마나 성적에 대한 스트레스를 받는지 아시기에 학부모 사이트 아이디도 안 만드신다. 하지만 보통 친구들은 부모님과 동시에 성적 확인을 하기 때문에 하루 접속 수가 많고 평균 30번이 넘게 되는 것이다.

학생들에게 '성적확인 시간규제'에 대한 의견을 물어보았다면 분명히 반대했을 것이다. 하지만 반대 의견이 많다고 해도 의견을 들어본 후에 의견 수렴을 하고 어떤 정책을 결정하는 것과 그냥 일방적으로 통보하는 것은 다른 문제다.

학교 측의 결정에 대한 학생들의 의견을 전달해야겠다는 생각이 들었다. 학교의 결정이 성적으로 인한 지나친 스트레스를 줄이는 하나의 방법이라는 것은 알고 있지만 아무도 목소리를 내지 않으면 학교의 일방적인 통보가 당연하다고 받아들이게 되고 그러면 또 반복될 수 있을 것 같았다.

처음에는 서명을 받는 것에 대해서 고민했다. 많은 학생의 서명을 받아 학교 측에 전달해야겠다고 생각했다. 하지만 우리 학교는 수업과 수업 중간에 쉬는 시간이 거의 없고 일반 고등학교보다 더 많은 수업이 있어 빠른 시간에 많은 학생에게 서명을 받는 것은 쉽지 않을 것 같았다. 무엇보다 서명을 받는 데 시간이 걸리면 학생들의 전체 의견이 모이기 전에 교장 선생님에게 불려 갈 수 있을 것이라 생각했다.

그래서 생각한 방법은 전체 학생에게 설문조사를 요청하는 이메일을 보내는 것이었다.

설문은 답하기 쉽고 문제를 명확하게 나타낼 수 있는 문항으로 작성했다.

"성적 확인 시간 단축으로 스트레스가 줄었는가?"

"방과 후 활동으로 성적 확인 시간을 놓친 적이 있는가?"

"만약 시간 단축이 스트레스를 줄이는 데 도움이 안 된다면 의견을 말해 달라."

이런 내용의 이메일을 전체 학생에게 보냈다.

내가 설문과 관련해 이메일을 보낸 것은 성적 확인 시간을 예전으로 변경하라는 것은 아니었다. 학교 측에 예상 가능한 설문 결과를 전달하고 일방적인 통보 방법에 대한 문제를 제기하고 싶었다.

'만약 다음에도 학생들의 의견을 고려하지 않고 일방적으로 통보하는 일이 생긴다면, 나 같은 목소리를 내는 골치 아픈 학생이 또 있을 수 있다.'

이를 알려주고 싶었다.

교장 선생님은 학생 때
교장실에 가는 것이 편하셨습니까?

설문 이메일을 보낸 후 교장 선생님이 나를 호출했다. 전교생에게 단체 이메일을 보내는 것은 학교 규정에 어긋나는 것이기 때문이다. 8교시가 시작될 때 교감 선생님이 나를 부르러 교실로 오셨다. 성적 확인 통보와 관련하여 설문조사 이메일을 모든 학생에게 보낸 날이었다.

나를 학교 측에서 부를 거라고 예상하고 있었지만 이메일을 보낸 바로 그 날 교감 선생님이 오실 줄은 몰랐다. 보통은 수업 중인 선생님에게 전화해 누구누구 학생을 교무실이나 학생부실로 오라고 하기 때문에 교감 선생님이 온 것은 뜻밖이었다.

교감 선생님은 나를 교장실로 데려갔고, 90분 동안 교장, 교감 선생님과 함께 이야기를 나누었다.

교장 선생님이 부른 이유는 학교 규정을 어겼기 때문이었지만 이에 관한 말씀은 하지 않으시고 성적 확인 시간 관련 학교 측의 입장에 관한 말씀만 하셨다.

학교의 입장을 이해하고 시작한 일이었지만 교장 선생님의 말씀에 바로 수긍할 수 없었다. 나는 내 역할에 충실하기로 결정하고 학생들의 입장을 전달했다.

"왜 학생들에게 미리 알리지 않으셨습니까?"

교장 선생님은 나의 문제 제기에 이렇게 말씀하셨다.

"학생들이 성적 확인 시간을 줄이겠다고 하면 찬성했을 거라고 생각합니까?"

"찬성하는지 안 하는지는 중요하지 않다고 생각합니다. 의견을 물어보셨어야죠."

교장 선생님과 오랜 시간 토론이 이어졌다. 나의 역할에 충실하기 위해 골치 아픈 학생이 되어있었다.

마지막으로 교장 선생님이 물었다.

"브라이언 말처럼 많은 학생들이 불만이 있었다면 왜 며칠 동안 아무도 교장실에 찾아오지 않았을까요?"

교장 선생님의 질문 의도에 난 동의할 수 없었다.

"교장 선생님은 학생 때 교장실에 가는 것이 편하셨습니까?"

"아뇨. 나도 편하게 교장실을 찾아가진 않았어요."

"그게 바로 저희 학생들이 목소리를 못 내는 이유입니다."

나는 그렇게 교장 선생님과 학교 측에 골치 아픈 학생이 되었다.

교장 선생님은 버겐 아카데미 교사 인종차별 사건 때 나에게 악수를 청하며 칭찬을 했던 분이다. "브라이언이 우리 학교 학생인 것이 자랑스럽습니다."라고.

그러나 지금은 나로 인해 머리가 아프실 것이다. 앞으로 졸업까지는 1년여의 시간이 남았고, 나는 교장실을 앞으로도 몇 번을 가게 될지 모르겠다.

이번 사건과 관련해서도 교장 선생님은 학교의 규율을 어긴 나에게 일반 학생에게 대하는 기준으로 나를 학생부로 불러 경고를 주지 않았다. 그 대신 교장실로 불러 나와 대화를 나누었고, 그런 모습이 학생들에 대한 애정에서 나온 것임을 안다. 그래서 90분의 머리 아픈 설전을 했음에도 나는 교장 선생님을 여전히 존경한다.

학생들에게 보낸 설문조사는 한 시간도 되지 않아 90% 이상의 학생이 응답을 해주었고, 응답해준 학생의 99%가 성적을 확인하는 시간 단축으로 더 스트레스를 받는다고 답하였다.

이런 설문조사에도 학교 측의 결정에 변화는 없었다. 학교에서 성적 확인 시간으로 정한 오후 6시부터 10시까지의 시간은 여전히 시행되고 있다.

설문조사가 학교의 시간 규제를 풀기 위한 것은 아니었다. 단지 학생들 의견을 듣는 과정도 없이 진행하는 것에 대한 문제 제기를 하고 싶었던 것이다.

학교 측의 결정과 같이 어떤 방침을 정하거나 정책을 변화할 때 과정의 중요성에 대해서는 생각하지 않는 경우가 있다. 그리고 그런 과정을 소홀히 하고 무시하는 경우들이 종종 발생하곤 한다.

학교 측도 결정을 내리기 전에 학생들의 의견을 묻는 과정을 거쳤다면 그 결정이 맘에 들지 않는다고 해도 순순히 결정을 따랐을 것이다. 스트레스를 줄이겠다고 한 결정이 원래의 취지에 맞게 시행되지 않았을까 하는 생각도 든다.

결과는 중요하다. 하지만 그보다 중요한 것은 모든 사람이 참여하고 결정하는 과정이라고 생각한다. 이런 과정을 겪으면서 조금씩 사회를 변화시킬 수 있는 방법들을 배워가는 것 같다.

9

'눈 찢어진 동양인'이라고 말한 호텔 직원

"너희 눈이 찢어진 동양 사람들은 왜 라면을 먹고 안 치우지?"

교회 수련회가 열린 호텔에서 복도를 지나고 있을 때 백인 청소부가 나에게 말했다. 다른 친구들이 예배당으로 가고 나는 옷에 음료를 흘려 옷을 갈아입기 위해 방으로 가는 길이었다.

청소부가 하는 소리에 내 귀를 의심했다. '나에게 하는 이야기인가?' 하는 생각에 뒤를 돌아보았다.

"지금 저에게 하는 이야기인가요?"

"그래, 너희 눈 찢어진 동양인들은 왜 라면을 먹고 안 치우냐고."

당황스러웠다. 그 호텔에는 학생들이 참여하는 교회 수련회가 열리고 있었다. 보통 교회 수련회는 교회별로 하는데 몇 년 만에 7개 교회가 연합으로 수련회를 하게 되었다. 많은 학생이 모였던 만큼 보통의 수련회 장소보다는 뉴욕에 있는 고급스러운 호텔에서 수련회가 열린 것이다.

미성년자인 청소년들이 와있는 곳인데 그런 인종차별적인 발언을 듣게 되었다는 것이 믿기지 않았다. 나는 학년이 높아서 나름대로 대처할 수 있는 힘이 있지만 다른 어린 친구들이 이 이야기를 듣는다면 큰 상처를 받을 수 있다고 생각했다.

그리고 아시아인들이 수련회 장소로 많이 쓰는 이 호텔에서 일하는 직원임에도 직업의식 없이 그런 말을 아무렇지 않게 한다는 것이 위험하다고 생각했다.

"지금 당신들이 치우는 방은 내 방도 아닙니다. 그리고 이 호텔은 현재 청소년들이 캠프를 위해서 와있는 곳인데 당신들이 미성년자들을 대상으로 그런 말을 하는 것은 인종차별적인 발언입니다."

나의 이야기에 그들은 개의치 않았다. 그곳에 있던 흑인과 히스패닉인 청소부는 내가 한 이야기가 어이없다는 듯이 웃었고, 백인 청소부는 같은 말을 반복해서 했다.

내가 지나가는 동안 백인 청소부의
비아냥거림은 멈추지 않았다.

반복적인 그의 말에 가만히 있으면 안 되겠다고 생각했다. 우리가 묵고 있는 층 학생들은 모두 예배에 들어가서 지나가는 사람 한 명 없었다. 인종차별을 서슴없이 하는 세 명의 성인들과 말다툼을 하기엔 나도 위험할 수 있겠다는 생각이 들었다. 마침 그때 내 주머니에는 핸드폰이 있었다. 보통 교회 수련회에는 선생님들이 핸드폰을 걷어 가는데 이번 수련회는 교회 연합 수련회여서 핸드폰을 개인이 가지고 있도록 해주셨다.

내 주머니에 있던 핸드폰에 녹음 버튼을 눌렀고 다행인지, 불행인지 내가 지나가는 동안에도 그 백인 청소부는 비아냥거림을 멈추지 않았다.

내 방으로 가서 옷을 갈아입고 다시 나와 그 청소부들에게 녹음했다는 사실을 알렸다.

"내 핸드폰에는 당신들의 인종차별 발언이 녹음되어 있습니다. 지금 사과를 한다면 지워주겠습니다."

그들에게 기회를 주고 싶었다. 그들이 말실수를 한 것일 수도 있기 때문에 그들이 사과를 하고 다시는 그렇게 말하지 않겠다고 한다면 없던 일로 하려고 생각했다.

하지만 그들은 나의 제안을 거절했다. 내가 녹음했다는 것을 믿지 않았고 사과할 생각도 없는 듯했다.

"내가 안 그랬다."

그들은 킥킥거리면서 서로를 가리키며 자신들은 그런 말을 한 적이 없다고 했다. 내가 어린 나이여서 아마 장난으로 협박을 하는 것이라고 생각하는 듯했다. 그들의 그런 무성의한 태도에 나는 정식으로 호텔 측에 문제를 제기해야겠다고 생각했다.

1층 데스크로 내려가 카운터에 앉아있던 여직원에게 인종차별을 당했다는 이야기를 했다. 그리고 매니저를 불러달라고 요청했다. 몇 분 후 남자 매니저가 나왔고, 나에게 안쪽 사무실로 들어오라고 했다.

사무실로 들어오라고 했지만 나는 미성년자였기 때문에 혼자 들어가는 것은 좋은 방법이 아니라 생각했다. 그래서 지나가는 목사님에게 나의 상황과 사건에 대해 말씀드리고 함께 사무실에 들어갔다.

사무실에 들어가서는 청소부들이 발언했던 상황에 대해 매니저에게 설명했다. 그 매니저는 나의 상황 설명에 별다른 반응을 보이지 않았다. 그저 내가 호텔 서비스에 불만을 제기하는 것이라고 생각하고 있는 듯했다. 상황 설명이 끝난 후 증거자료라며 내가 녹음한 파일을 들려주었다. 녹음 파일을 들은 매니저는 이전과는 다른 표정을 짓고 있었다. 대수롭지 않다고 생각하던 표정에서 녹음 파일을 통해 상황이 심각하다고 생각했는지 매니저의 얼굴이 일그러졌다.

혼자서 그런 혐오 발언을 듣는 것은
화가 나는 것보다도 무서운 일이었다.

녹음 파일을 다 들은 매니저는 어딘가로 전화를 하였고, 그들의 상사인 듯한 매니저 3명이 사무실로 들어왔다. 그렇게 모인 사람들에게 다시 녹음 파일을 들려줬다. 그들은 나에게 사건이 일어난 층이 몇 층인지, 사건 발생 시간은 언제인지를 구체적으로 묻기 시작했다. 그리고 녹음 파일 속의 청소부 세 명이 누구인지를 알아냈다.

"죄송합니다. 오늘부로 그들 청소부 세 명을 해고하겠습니다."

매니저들은 나에게 고개 숙여 사과하였고 미안함을 표현했다.

매니저들의 사과와 해당 발언을 한 청소부들의 해고로 그렇게 사건은 일단락되었다. 하지만 나는 정신적으로 지쳐서 그날 예배도 참석할 수가 없었다.

"나에게 왜 이런 일들이 일어날까? 나도 다른 친구들처럼 평범한 청소년일 뿐인데."

그런 일을 겪으면서 나도 두려웠던 것 같다. 세 명이나 되는 어른들에게 인종차별적인 발언을 듣는다는 것이 나에게도 힘든 일이었다.

혼자서 그런 혐오 발언을 듣는 그 순간 화나는 감정 이전에 무서운 감정이 먼저였다.

하지만 그 시간에 그 방을 지나간 것이 내가 아니고 다른 학생이었다면 그 발언이 아시안 혐오 발언인지도 몰랐을 수도 있고, 어찌 대처해야 할지 모르고 마음의 상처를 받았을 것이다.

내가 그 발언을 듣고 정식으로 사과를 받아내고 호텔 측에 항의한 것을 잘한 일로 내세우려는 것이 아니다. 내가 남보다 특별하다고 자랑하려는 것도 아니다.

단지 아시아인들이 자신의 목소리를 냈으면 하는 바람이 있을 뿐이다. 내 방식이 특별하지도, 최선이 아닐 수도 있다. 하지만 묵묵히 참고 부당함도 견뎌내고 있는 아시아인들에게 내가 한 경험이 모두

에게 가능하다는 자신감 있는 희망을 주고 싶었다.

나도 두려웠지만 용기를 내었고, 그런 용기들이 모여 소수민족들이 미국이란 나라에서 차별받지 않고 살아갈 수 있기를 희망해본다.

Dear Brian Jon,

In our business we are only as successful as the last trip,
event or getaway hosted.

The staff and management would like to take this opportunity to extend our
deepest apologies for the situation that occurred during your stay.

We continuously evaluate our performance and overall product,
implementing change when needed. Our priority has always been and
continues to be our guests' comfort, needs and expectations. I can
assure you your experience was inconsistent with our standard service
and will be immediately addressed and remedied.

Again, we apologize and look forward to being afforded the opportunity to welcome
you back to Honor's Haven Resort & Spa in the near future.

▲ 호텔 측은 인종차별 발언을 한 직원들을 해임한 후 나에게 정중한 사과 카드를 다시
보내왔다.

10

Asian American Youth Council Day

"AAYC(Asian American Youth Council)는 정치 관련 단체인가요?"

AAYC에 가입하기를 원하는 부모님과 학생들이 가장 많이 하는 질문 중에 하나다. AAYC가 차세대 아시안들의 목소리를 내겠다고 하는 것이 정치적인 행동으로 비치고 있는 것 같았다. 인터뷰에서 그들이 하는 질문에 내가 생각하는 정치적인 행동에 관해 설명한다.

"저희는 한 정당을 지지하는 단체는 아닙니다. 정치가 단순하게 정당을 지지하고 선거에 참여하는 것이라고 생각하지 않습니다. 정치를 무엇이라고 생각하는지에 따라서 정치에 대한 의미가 달라질 것 같습니다. 한 시의원이 저희에게 타운에 의견이 있으면 알려달라고 했습니다. 그러자 친구 중 한 명이 농구 골대 그물망이 다 찢어졌다고 말했습니다. 며칠 뒤 농구를 하러 가니 골대 그물망이 새로운 것으로 바뀌어있었습니다. 그때 그 친구는 '정치라는 것이 바로 이런 것이구나.'라고 말했습니다. 농구 그물망이 바뀌고 집 앞길 눈이 잘 치워지는 것이 우리가 생각하는 정치입니다. 이런 행동을 정

치적인 행동이라고 한다면 말씀하시는 정치적인 단체가 바로 우리
단체입니다."

아시안을 대변할 수 있는
청소년 단체를 만드는 것이 필요했다.

　　AAYC(Asian American Youth Council)와 같이 아시안들의 목
소리를 내는 단체를 만들어야겠다고 생각한 것은 2017년이다.
Bergen County Academies 교사 인종차별 사건이 일어났을 때 한
국인들의 목소리를 낼 수 있는 청소년 단체가 필요하다고 생각했다.
그래서 한국의 청소년들로 구성된 KAYC(Korean American Youth
Council)를 만들었다. KAYC에서는 위안부 기림비 홍보, 광복절, 추
석 행사 등 한국의 문화를 알리고 학생들의 정체성을 확립하는 데
중점을 두고 활동을 했다. 그렇게 활발하게 활동을 하던 중 미국 주
류 사회에 우리의 목소리를 전하기 위해서는 한국인만으로는 부족
하다는 사실을 깨닫게 되는 일이 있었다.

　　나는 10학년 여름 정치인 사무실 3곳에서 인턴십을 하고 있었다.
정치적인 활동을 위해 모인 사람들인 만큼 그들은 나에게 많은 조
언을 해주었다. 그들이 나에게 공통으로 해준 말은 두 가지였다. 하

나는 '너희 나라말을 절대 잊지 말아라'였다. 내 나라의 말을 잊지 않으면 나에게 큰 재산이 되리라는 것이다. 두 번째는 '아시안이 뭉쳐야 한다'는 것이었다.

카운티 행사 때 한 관계자는 아시안들이 힘을 키워야 한다며 이렇게 말했다.

"저기 행사장을 둘러싸고 있는 빌딩 창문들을 봐. 저곳에서 여기를 바라보는 관계자들은 얼마나 많은 한국인이 모여있는지 관심 없어. 하지만 얼마나 많은 아시안이 뭉쳐있는지는 관심을 갖고 있지."

그들의 조언대로 한인만이 아닌 아시안을 대변할 수 있는 청소년 단체를 만드는 것이 필요했다. 미국 주류 정치인들은 차세대 단체에 관심을 가지고 있다. 아시안 청소년 단체가 힘이 생긴다면 향후 미국 주류 사회에서 아시안들을 대변하고 아시안들이 미국 사회에서 한 축을 담당할 수 있다. 그렇다면 내가 대학을 간 후에도 단체가 제 역할을 하는 것이 필요하다고 생각했다. 대학을 진학하기까지 2년이라는 시간이 있고 그 시간 동안 단체를 이끌어나갈 후배를 준비시키기 위해서는 시간이 그리 많은 것이 아니었다.

마음이 조급해졌다. 미성년자인 내가 비영리 단체를 설립하는 것은 어려운 일이었다. 엄마의 도움이 필요했다. 10학년 여름방학이 끝날 때쯤 엄마에게 이야기를 꺼냈다.

"엄마, 나는 한국인을 포함해서 아시안들을 위한 단체를 만들 생각을 하고 있어. 그런데 내가 미성년자이고 대학 가기 전까지 시간이 많지 않아서 엄마가 단체를 설립하는 데 도움을 줬으면 좋겠어."

엄마는 나의 이야기에 그리 탐탁해 하지 않았고 예상했던 반응이었다.

"공부할 시간도 부족한데 또 무슨 일을 벌일 생각이니? 그리고 시간이 많이 남지 않았다는 것이 무슨 의미야?"

시간이 부족한 이유에 관해 설명했다.

"시간이 없는 이유는 두 가지야. 하나는 나와 지금 친구들이 졸업하고 난 후에 단체를 이끌어갈 후배를 양성하려면 2년 정도의 시간이 걸려. 그리고 지금 11학년, 12학년 친구들이 각각 대학에 가서도 아시안을 대변하고 사회 참여를 하기 위해서는 지금보다 더 많은 경험이 필요해."

KAYC에서 함께 활동했던 친구들이 2년 동안 성장하는 모습을 옆에서 엄마는 지켜봐 왔다. 어떤 단체에서 활동하기 위한 의식을 갖는다는 것이 쉽지 않고, 의식을 가지고 자기 목소리를 내기까지는 1년의 시간으로는 충분하지 않다는 것을 알고 계신다. 말 잘하는 친구들은 많지만, 의식이 있는 친구들은 많지 않기 때문이다.

"내가 일을 하며 알게 된 정치인들은 나를 그냥 일 잘하는 학생 브라이언으로 봐. 내가 하는 모든 행동이 한국인을 대변하고 아시안을 대변하는 건데 아직 그렇게 생각을 하지 않아. 나는 운이 좋아서 많은 분을 만날 수 있었고, 많은 경험과 일을 할 수 있는 기회가 주어졌지만 내가 여기서 멈추게 되면 좋은 경험을 한 것은 그냥 나 하나로 끝나 버릴 거야. 나를 통해 많은 후배들이 나 같은 경험을 할 수 있었으면 좋겠고, 그렇게 해주고 싶어. 그래서 미국의 주류 정치인들이 내가 내는 목소리에만 귀를 기울이는 것이 아니라 아시안 차세대 목소리에 귀를 기울이도록 하고 싶어."

마치 내가 독립투사가 된 것 같았다. 반드시 아시안들을 대변해야 하고 미국 주류 정치인들이 아시안들에게 관심을 갖고 신경을 쓰도록 해야 한다고 생각했다.

흥분된 목소리로 열심히 설명하고 있는 나를 엄마는 조용히 쳐다보고 있었다. 그리고 나를 진정시켜야 한다고 생각하셨는지 차분하게 말씀하셨다.

"난 네가 하고자 하는 일과 서둘러 단체를 만들고 싶어 하는 이유를 충분히 이해했어. 그런데 난 네가 사람들 입에 오르내리게 하는 일을 더 이상은 하고 싶지 않아. 아무리 좋은 일을 한다고 해도 사람들은 네가 대학을 잘 가려고 단체를 만든다고 이야기할 거야. 그리고 단체에 힘이 생기려면 많은 학생이 필요하고 네가 나름 유명하다고 해도 학생들을 모집하는 일은 쉽지 않을 거야."

나는 엄마의 걱정도 이해가 되었다. 엄마는 나와는 전혀 다른 성격이라 많은 일에 참여하고 항상 중심에 있는 나로 인해 마음고생을 많이 하셨다.

Bergen County Academies 인종차별 사건이 일어났을 때도, 한인 차세대 단체를 만들 때도, 길가에 쓰러진 행인을 살렸을 때도, 치어리더를 시작했을 때도, 엄마는 사람들 사이에서 나에 대한 이야기가 나오는 것을 싫어하셨다. 비록 사람들이 나를 칭찬한다고 해도. 그래서 사람을 만나는 것도 꺼리셨던 분이 엄마였다.

하지만 나는 나의 뜻을 굽히지 않았다. 무엇보다 엄마의 도움이 가장 필요했기 때문이었다. 결국, 언제나처럼 엄마는 나의 뜻을 이해하고 존중해 주셨고, 나를 돕기로 결정해 주셨다.

"그래, 한번 해보자. 그런데 학생들을 모으기가 쉽지 않을 거야. 학교 클럽 하나 만들기 위해 친구들 몇 명을 모으는 것도 힘든데 네가 말하는 아시안 단체를 만드는 것은 더 어려울 거야. 단체는 최소한 30명에서 40명의 학생이 필요할 거고, 한인 단체에서 활동했던 경험을 보면 단체에 가입했다가 그만두는 학생들도 있기 때문에 최소한 50명은 모집하는 것이 필요해."

엄마는 인원수를 걱정하며 내가 어떻게 해야 하는 지도 구체적으로 알려주셨다. 엄마의 예상과 달리 학생을 모집하는 데는 그리 어렵지 않았다. 2주의 시간 동안 50명의 학생이 모집되었고, 모두 25개의 다른 학교에서 모인 학생들로 구성되었다.

부모님이 변해야 학생도 변한다.

나는 AAYC에 활동할 학생이라면 조금은 의식이 달라야 한다고 생각했다. 그래서 가입 기준을 조금은 까다롭게 정했다. 그건 바로 가입하고자 하는 학생들의 부모님 인터뷰였다. 부모님 인터뷰를 해야겠다고 생각한 것은 KAYC에서 2년 동안 활동한 경험 덕분이었다.

2년간 한인 차세대 단체의 활동을 하면서 얻은 교훈 중 하나는 부모님이 변해야 학생도 변한다는 것이다. 그래서 의식 있는 부모님의 후원과 도움이 필요하다고 생각했다.

학생도 우리 단체가 왜 만들어져야 하는지에 대해 알고 있어야 하지만 부모님도 이를 인지하고 있어야 한다. 그리고 우리 단체가 단순히 대학을 가기 위한 봉사단체가 아니라는 것을 정확하게 인식하고 있어야 한다. 그래서 이에 관한 질문을 하고 충분히 이해하고 있는지를 파악하기 위해 인터뷰를 진행했다.

그렇게 해서 모인 학생들이 50명이며, 이후 추가로 지원한 학생들은 성적증명서와 에세이, 추천서를 제출하고 admin 담당자분이 회원을 뽑는다.

이런 과정들로 뽑힌 50명의 학생과 함께 2020년 1월 28일 더블트리 호텔에서 AAYC 발대식을 가졌다. 발대식에는 정치 경제인분들을 포함 손님이 무려 170여 분이나 참석했다.

그곳에 모인 많은 정치인, 경제인분들을 보며 미국 주류 사회가 차세대 단체에 관심이 높다는 것을 다시 한 번 확인할 수 있었다. 그분들 중에는 우리 단체의 출발점이 된 2년 전 일어난 버겐 아카데미 교사의 인종차별에 대해서 모르는 분도 계셨다. 그래서 우리 단체가 어떻게 만들어졌는지에 대한 설명이 필요했다.

"2년 전 버겐 아카데미 교사가 나는 한국인을 싫어한다는 발언을 여섯 번 한 인종차별 사건이 있었습니다. 그 후 한인 단체를 만들었고, 2년간의 활동 후에 아시안을 대변하기 위한 Asian American Youth Council을 만들었습니다. 비주류인 아시안에 대한 편견을 깨고 우리의 목소리를 전달하기 위해서는 우리가 먼저 많은 사회 참여를 할 것입니다. 가장 간단하면서도 효과적인 사회 참여 방법은 선거라고 생각합니다. 2020년 대선의 해를 맞이해 우리 단체는 1,000명의 유권자 등록에 도전할 것입니다. 오늘 우리의 첫걸음에 여러 정치 경제인분들이 참석해 주셔서 매우 영광입니다. 그러나 머지않아 여러분들이 AAYC 발대식에 참석하게 된 것을 영광스럽게 생각하게 될 날이 올 것입니다."

나의 대표 연설 이후에 모든 정치인분들이 축하 연설을 하며 2년 전의 사건을 언급하였고, 그것에 대한 유감을 표명했다.

발대식 이후 백만 명의 인구가 사는 Bergen County의 Freeholder(카운티 시의원) 여섯 분이 결의안을 보내주셨다. 바로 발대식이 열렸던 날인 2020년 1월 28일을 Asian American Youth Council Day로 선포한다는 내용이었다. AAYC가 의미 있는 단체로 인식되기 시작한 것이다.

나는 내가 하는 모든 행동과 모습이 한인과 아시안을 대변한다고 생각한다. 그래서 옷차림부터 다르게 했다. 정치인들의 사무실에서 인턴십을 할 때도 다른 인턴 학생들과 다르게 항상 정장을 입고 다녔다. 나뿐만 아니라 AAYC 멤버 모두가 그렇게 변해가고 있다.

AAYC에 들어오면 모두 정장을 입고 베지를 달아야 한다. 모든 행사에 우리는 정장을 입는다. 고등학생들이 정장을 입을 일은 별로 없다. 그러나 우리 단체 가입 후는 모두 불평 없이 정장을 입고 모인다. 난 처음 가입한 멤버들에게 말한다.

"여러분들이 할 일은 단순합니다. 모두 정장을 입고 배지를 달고 핸드폰을 보지 않고 바르게 앉아있는 것이 전부입니다."

차세대 아시안들이 정장을 입고 모여 흐트러지지 않는 모습을 보여주는 것의 힘은 놀랍다. 단정한 태도로 인해 스스로가 변하고 의식이 생기면서 사회는 우리의 소리를 듣기 시작했다.

*나를 보고 사람들은
정체성과 의식이 있다고 말한다.*

AAYC를 만들면서 많은 사람이 나를 알고 있다는 것에 놀랐다. 내가 나름 많은 활동을 했기 때문에 어느 정도는 알 거라고 생각했지만, 그 이상이었다. 사람들이 나를 알고 있다는 것이, 유명하다는 것이 도움이 되는 부분도 있다. 하지만 많은 사람이 나를 지켜보고 있는 만큼 책임감을 갖고 조심해야 할 것이 더 많다는 것을 알았다.

그래서 한인으로, 아시안으로 나의 정체성을 잊지 않기 위해 노력하고 있고, 모범을 보이려고 한다. 무엇보다 한국어를 잘하는 것이 얼마나 중요한지 다시금 깨닫게 된다. 많은 미디어 매체와 인터뷰를 하면서 한국어를 더 열심히 공부해야겠다는 다짐을 한다.

그렇게 나는 한국인이라는 정체성을 가지고 있고, 이런 나를 보고 사람들은 정체성과 의식이 있는 학생이라고 말한다. 그러나 정체성에 대해서는 알겠는데 의식은 무엇인지를 잘 몰랐던 때가 있었다.

그러던 중 의식이 무엇인지 알게 된 계기가 있었다.

AAYC 멤버들과 성공한 한국인 의사와 사업가분들이 패널로 참석하는 청소년 리더십 포럼에 초대를 받아 참석한 적이 있었다. 열분 정도의 패널들은 성공담과 좋은 이야기들을 우리에게 들려주었고 질의응답 시간도 가졌다.

나는 손을 들어 질문했다.

"오늘 여러 성공한 리더분들과 만나게 되어 너무 영광입니다. 여러분들이 미국에 사는 한국인으로 모두 각 분야에서 성공하셨는데 한국 커뮤니티에는 어떤 영향을 주고 기여를 하고 있습니까?"

그 포럼은 한국인 학생들을 대상으로 성공한 한국 패널들을 초대해서 그분들에게 리더십을 배우는 자리였다.

그러나 마이크를 들고 있던 패널 분은 답변을 못 한 채 다른 분께 마이크를 넘겼고 결국 대표 패널 분이 마이크를 잡았다.

"음…. 나는 아프리카 아이티에 기부를 하고 있습니다."

진행자분은 서둘러 다음 순서로 넘어갔다.

포럼을 끝내고 나오면서 우리 단체 멤버들은 이렇게 말했다.

"우리 단체를 다음부터 초대 안 하겠다. 성공을 떠나서 의식이 얼마나 중요한지 알았어."

이때 나는 어른들이 내게 말했던 의식이라는 단어의 의미를 정확히 알게 되었고, 멤버들이 의식이 생기기 시작했다는 것을 느낄 수 있었다.

현재 AAYC는 정당과 상관없이 시민 참여를 이끌기 위한 선거 독려 운동과 유권자 등록 등을 돕고 있다. 2020년 대선을 맞아 유권자 등록 1,000명 운동을 하고 있는 중이다. 이와 함께 코로나로 인해 벌어지고 있는 아시안 혐오 범죄를 없애기 위한 캠페인을 벌이고 있다. 정해진 일을 하기보다 그 시대 상황에 맞게 아시안에 대한 편견과 우리의 소극적인 자세를 개혁하기 위해 노력하고 있다.

한 기자분이 이런 질문을 했었다.

"보통 2세들이 미국 주류에 진출하고 교류하려면 백인 사회에 참여하는데 왜 브라이언 학생은 반대로 아시안 단체를 만들 생각을 했습니까?"

그래서 기자분의 질문에 이렇게 답했다.

"나 혼자 뛰어나서는 혼자 미국 주류 사회에 진출할 수 있겠지만 그들이 가진 아시안에 대한 편견을 깰 수는 없습니다. 우리가 모여 단체로 움직일 때 그들은 우리의 목소리를 무서워하고 존중합니다."

▲ 발대식 파티에서 단체 설립자로 인사말을 했다.

▲ 발대식에는 정치 경제 귀빈들과 170분의 손님들이 참석해 AAYC 단체 설립을 축하
해 주었다.

Asian American Youth Council Day

125

▶ 카운티에서 2020년 1월 28일을 'Asian American Youth Council Day'로 선포하는 결의안을 보내주셨다.

▶ AAYC는 UN에 정식 초청되어 한국 및 아시아 문제에 관해 토론하였다.

28일 열린 아시안아메리칸유스카운슬 출범식에서 한인 고교생들과 행사를 찾은 정치인들이 함께했다.

"젊은 유권자 1,000명 등록 목표"

뉴욕·뉴저지 한인 고교생 55명
아시안아메리칸유스카운슬 출범
〈AAYC〉

"올해 안으로 젊은 유권자 1,000명 등록이 목표입니다."

뉴욕·뉴저지 한인 고교생 50여 명으로 이뤄진 '아시안아메리칸유스카운슬'(AAYC)이 닻을 올렸다.

AAYC는 28일 포트리 더블트리호텔에서 출범식을 열고 "아시안에 대한 편견을 깨고 우리의 목소리를 내기 위한 학생 단체"라며 "올해 대선이 열리는 등 유권자들의 선택이 어느 때보다 중요한 시기인만큼 각 학교 학생 등을

대상으로 유권자 등록 캠페인을 적극적으로 펼쳐나갈 것'이라고 밝혔다.

AAYC 설립자인 브라이언 전(버겐테크니컬 고교 11학년)군은 "지난 2017년 일어난 버겐아카데미 고교 교사의 한인 인종차별 사건을 계기로 아시안들도 적극 목소리를 내야 한다는 것을 깨달았고 이를 위해 한인 등 아시안 청소년들이 함께하는 AAYC를 설립하게 됐다"며 "2020년 대선을 맞아 우리의 목소리를 대변할 수 있는 가장 확실한 방법은 선거에 참여할 유권자를 더욱 늘리는 것이다. 특히 한인 등 젊은 아시안 유권자가 크게 늘어나야 하고 이를 위해 신규 유권자

1,000명 등록을 위해 노력할 것'이라고 밝혔다. 이날 창립한 AAYC는 22개 학교에 재학하는 8-12학년 55명으로 구성됐다.

이날 행사에는 고든 존슨 주하원의원, 메리 아모로소·트레이시 주르 버겐카운티 셰리프, 앤소니 큐리튼 버겐카운티 셰리프, 마크 지나 테너플라이 시장, 재니 정 클로스터 시의원, 지미 채 듀몬트 시의원, 진 유 올드태판 시의원 등 다양한 정치인들이 참여해 학생들의 활동을 격려했다.

참가 문의 asianamericanyouthcouncil@gmail.com

〈서한서 기자〉

▲ 현지 다수의 언론에 AAYC 설립이 기사화되었다.

에필로그
"운은 스스로가 만드는 것이다."

　　　　지금 나와 우리 단체는 전 세계가 코로나 대란을 겪고 있는 상황에서 아시안 증오 범죄를 없애기 위한 캠페인을 벌이고 있다.

"Block the Hate, Block the Virus."

'증오를 막고 바이러스를 막자'는 문구와 함께 각 대학병원과 경찰 관계자들에게 마스크 기부를 하고 있다. 아시안 증오 범죄가 없어져야 한다는 생각에 시작했고, 지금은 이런 사회적인 메시지에 많은 분이 동참해 주고 계신다.

코로나로 인해 미국은 수만 명의 사망자가 발생하면서 성경의 종말이 이런 것이 아닐까 하는 모습을 보여주고 있다. 한 시간 단위로 창밖에는 구급차 사이렌 소리가 울리고, 뉴스에서는 매일 수백 명의 확진자와 사망자 수치를 발표한다. 그러나 더 무서운 것은 아시안 증오 범죄다.

뉴욕 지하철에서 아시안 여성을 폭행하는 사건이 일어났고, 맨해튼 시내에서는 마스크를 안 썼다는 이유로 한인 여성이 구타를 당하는 사건이 발생했다. 또 쓰레기를 버리러 나온 아시아 여성의 얼굴에 숨어있던 남성이 다가와 황산을 뿌리는 사건도 일어났다.

마스크를 쓴 동양인들이 범죄의 대상이 된 것이다. 미국인들에게 마스크는 환자들만 쓰는 것으로 인식되어 있어 마스크를 쓴 동양인이 바이러스를 전파한다고 생각하고 있다. 병원에서 근무하는 의료진들에게 마스크를 허용한 지가 얼마 되지 않았을 정도다. 의료진에게 허용은 되었지만, 마스크나 방호복이 없어 스카프를 감고 근무하고 있는 상황이다.

한국의 코로나 대처 방식은 미국의 미디어를 장식하고 있다. 코로나에 대한 빠른 검사와 국민을 보호하는 정책에 대해 미국은 물론, 전 세계가 놀라고 감탄하고 있는 중이다. 하지만 미국인들이 보기에는 한국인이나 중국인이나 모두 아시안일 뿐이다. 호흡곤란으로 응급실에 실려 가도 중국인과 같은 대접을 받는 것이 현실인 것이다. AAYC가 아시안을 대변하기 위해 만든 단체인 만큼 중국을 비난하기보다 아시아 혐오 범죄를 줄이기 위한 노력을 하는 것이 좋겠다는 판단에 캠페인을 벌이고 있는 것이다.

욱일기를 배경으로 그린 그림이
전시되는 사건이 발생했다.

Tenafly 고등학교 복도에 욱일기를 배경으로 그린 그림이 전시되는 사건이 발생했다. 학교 미술 시간에 그린 그림을 미술 선생님이 학생들이 많이 다니는 복도에 전시를 한 것이다. 학교에 방문했을 때 이 그림을 발견한 한국의 한 학부모가 그림을 보고 놀라 사진을 찍어 외부에 알렸다. 하지만 Tenafly 고등학교의 많은 한국 학생들은 그 그림에 대한 문제를 제기하지 않았고, 그 이후로도 그림은 오랜 시간 전시되어 있었다.

미국인들은 욱일기가 어떤 의미인지를 알지 못하기 때문에 가만히 있었을 것이다. 그리고 미국인들의 특성상 욱일기의 의미를 안다고 해도 국가 간의 역사적인 분쟁에 간섭하고 싶어 하지 않아 항의하지 않았을 것이다.

내 생각에는 그런 상황이라고 해도 한국 학생들은 최소한 역사적

아픔이 있는 만큼 그림을 내려달라고 건의 정도는 했었어야 한다고 생각한다. 하지만 욱일기의 의미에 대해 몰랐는지 아니면, 건의할 정도의 용기가 없었는지 어떤 학생도 나서지 않았다.

AAYC 멤버 중에는 Tenafly 고등학교에 다니는 학생들도 있다. 그러나 그들은 개인적으로 학교에 욱일기 문제를 건의하는 것은 큰 성과를 기대할 수 없다고 생각했다.

그들의 의견에 따라 AAYC의 이름으로 Tenafly 고등학교장에게 서한을 보냈다. 단체에 대한 간단한 소개와 함께 욱일기는 2천만 명의 아시안 목숨을 빼앗은 일본 전범기로 일본의 군국주의를 상징한다는 내용을 담았다.

서한에 대해 교장 선생님의 답변은 간단했다.

"이메일을 보내줘서 고맙다."

이런 성의 없는 답변에 다시 서한을 보냈다.

"추후 재발 방지를 위한 교육이 필요해 이를 요청합니다."

이에 교장 선생님은 '난 너희가 누군지 모른다. 할 말 있으면 전화를 해라'는 답변을 보내왔다.

우리 단체 소개와 역사적 배경을 충분히 설명했음에도 예상처럼 다른 나라 역사적 문제에 정치인이나 교육자들조차도 관여하고 싶어 하지 않는다. 도쿄 올림픽에서 욱일기를 사용하겠다는 소식에 분노했었지만 우리가 바꿀 수 있는 건 없었다. 최소한 내가 사는 Tenafly에서라도 욱일기 사용을 할 수 없게 하고 싶었다.

교장 선생님의 태도로 봐서 학생인 우리가 대화를 하는 것은 효과적인 방법이 아니라 판단했다. 그래서 AAYC 후견인인 Tenafly의 Zinna 시장님에게 도움을 요청했다.

교장 선생님과 AAYC가 주고받은 편지 내용을 시장님에게 전달했다. Zinna 시장님은 우리의 도움 요청에 바로 교장 선생님에게 전화를 하였다. 전화 덕분이었는지 그다음 날 Tenafly의 고등학교에서는 타운의 교육감과 교장, 교감, 선생님들이 모여 욱일기 그림에 대해 회의를 했다고 한다.

회의 후에는 직접 교감 선생님이 그림을 그린 일본인 학생을 불러 욱일기 의미에 대한 역사 교육을 하고 다시는 욱일기 그림을 사용하지 못하도록 주의를 줬다고 한다.

DACA 청소년들도
꼭 군대에 갈 수 있게 해달라고 전해줘.

2019년 크리스마스이브에 예배를 보고 나오는데 예전에 다니던 학원의 Andy 선생님을 만났다. 그 선생님은 나에 대한 짧은 안부와 함께 이런 부탁을 하셨다.

"Cory Booker 상원 의원에게 DACA 청소년들도 꼭 군대에 갈 수 있게 해달라고 전해줘."

선생님은 DACA 신분이었고, 미국을 자랑스러워하시고 사랑한다. 그래서 미국 군대에 지원하기를 희망하고 있다. 오바마 행정부에서는 DACA 신분도 미국 군대에 지원할 수 있었다. 그래서 내가 학원에 다닐 당시 선생님은 군 입대를 앞두고 있었다. 머리를 짧게 자르고 학생들에게 작별 인사까지 한 상황이었다. 하지만 트럼프 행정부가 이를 폐지 선언하면서 미국 군대에 지원하는 것이 불가능하게 되었다. DACA(Deferred Action for Childhood Arrivals)는 오바마 행정부에 의해 도입된 '청소년 추방 유예' 제도다. 불법 체류자 신분으로 미국 내에 남아있는 미성년자들의 국외 추방을 유예하는 이민법이다. 트럼프 행정부에 의해 폐지 선언 이후 현재 연방 대법원 판결을 기다리고 있다.

선생님은 서른을 앞두고 있지만 아직도 미군이 되는 것을 희망하고 있다. 그래서 Cory Booker 상원 의원이 대통령이 된다면 DACA 신분도 군대에 갈 수 있도록 해달라고 부탁을 한 것이다. 그 당시 나는 민주당 대선 후보에 출마한 뉴저지 연방 상원의원 Cory Booker 사무실에서 선거 캠페인을 돕고 있었다.

선생님을 도울 방법이 무엇일까를 고민하던 중 나는 Asian American Youth Council 발대식에 선생님을 초대하기로 했다. 그리고 발대식에 올 때 선생님이 하고 싶은 이야기를 편지에 써서 몇 통을 준비해 오라고 부탁했다. 선생님은 이유를 궁금해했지만 말하지 않았다. 나는 선생님에게 깜짝 선물을 하고 싶었다.

발대식 당일 AAYC 설립자로서 나는 축사 및 축하 공연도 준비해야 했고, 각 신문사와 방송 인터뷰로 정신이 없었다. 그리고 발대식에 참석한 연방 상원의원 보좌관들, 주 상원의원, 하원의원, 시장, 시의원 등 정치인들은 물론 많은 사람과 인사를 하고 인사를 받으며 양복 주머니에는 명함으로 가득 넘쳐나고 있었다.

그때 정치인들에게 선생님을 소개하고 인사를 시켜드렸다. 그런 후 선생님이 준비한 편지를 직접 전달하도록 했다. 선생님은 많은 정치인을 만난 것에 기뻐하셨고, 무엇보다 본인의 의견을 전달했다는 것에 매우 흡족해하셨다.

그날 나는 정치인들처럼 얼굴에 경련이 일어날 정도로 똑같은 미소를 짓고 손이 아플 정도로 악수를 많이 했다. 그 많은 사람과 미소와 악수를 나누었지만 누구인지는 잘 기억이 나지 않는다. 하지만 정치인들에게 본인의 의견을 전달해 행복해하는 선생님의 얼굴은 절대 잊지 못할 것이다.

'누군가 도움이 필요한 곳에 내가 있었던 것일까? 아니면 내가 있는 곳에 사건들이 생기는 것일까?'

에필로그

어떤 이유든지 난 들리면 반응했고, 보이면 행동했다. 그러면 함께해주는 사람들이 모이고 도움을 주는 사람들이 생긴다.

내가 이렇게 활동을 하면 할수록 엄마의 걱정도 그만큼 늘어가고 있다.

하루는 엄마가 걱정스러운 얼굴로 나에게 이런 말씀을 하셨다.

"난 너희 학교에 총을 든 괴한이 들어올까 겁이 나. 너는 괴한을 피하지 않고 분명히 달려가 괴한과 싸울 테니까. 그러다 다치게 되는 것이 가장 큰 걱정이야. 엄마는 네가 다른 평범한 학생들처럼 책상 아래에 숨었으면 좋겠어."

엄마는 어디서나 중심에 있는 나를 걱정하신다. 위험한 상황에서도, 부상을 당할지 모르는 상황에서도 내가 다른 사람들을 위해 나설 테니까.

나의 평범하지 않은 행동이 엄마 입장에서는 걱정스러울 수 있다. 한국에서 초등학교에 다닐 때 담임 선생님은 엄마에게 '교육자 생활 30년 동안 미래가 가장 궁금한 학생 두 명이 있었는데 그중의 한 명이 아드님'이라고 말씀하셨다고 한다.

하지만 나는 내가 뭔가 특별하다고 생각한 적이 없다. 자서전을 써보라는 권유를 받았을 때도 11학년의 평범한 고등학생이 무슨 할 말이 있을까 하는 생각에 거절했다.

그러다 나의 이야기를 한번 써보기로 용기를 낸 후 나에게는 참으로 많은 일이 있었다는 것을 알게 되었다. 나 혼자만의 경험으로 추억 속에 담아두기에는 아쉬운 일들이 많이 있었고, 이런 많은 일로 학교 선생님과 부모님에게는 틀에 맞춰진 모범 학생은 아니었을지도 모른다.

하지만 나 스스로 대견스러운 모습도 있었다. 어떤 때는 왜 이런 상황들이 나에게만 일어날까 하는 두려운 마음에 지칠 때도 있었지만, 나에게 주어진 일은 포기하지 않았다. 그런 시간들이 나를 만들었고, 지금의 모습이 되었다. 친구들은 나를 '운이 좋은 아이'라고 이야기하지만 나는 그 운도 나의 노력과 도전으로 스스로 만들었다고 생각한다.

사람들이 나의 미래가 궁금하다고 이야기한다. 그런 나도 나의 미래가 궁금하다. 그러나 확실한 건 어디에서 무슨 일을 하건 소신 있

는 발언을 하는 사람으로 살아가길 희망한다. 그리고 그렇게 살도록
노력할 것이다.

Because I am The Brian.

▲ ⟨Tenafly시의 Mark Zinna 시장 임명식에 참석⟩
선거운동부터 우리 단체가 도운 인연으로 AAYC Advisor로 참여해 우리 단체를 후원하고 계신다. 사진 좌측부터 주 하원의원 Johnson, 연방 하원의원 Pascrell, 주 상원의원 Weinberg, 시장 Zinna.

◀ ⟨뉴저지 Philip Murphy 주지사와 함께⟩
카운티 민주당 Head Quarter에서 선거 독려 운동을 할 때 응원차 방문하셨다.

▲ 〈Cory Booker 연방 상원의원
과 함께〉
민주당 대선 경선 후보인
Cory Booker 연방 상원의원
의 선거 캠페인을 도왔다.

◀ 〈Robert Menendez 연방 상
원의원과 함께〉
매년 추석 행사에 참석하실
만큼 한국에 우호적인 정치인
이시다.

▶ 〈Andy Kim 연방
하원의원과 함께〉
한인 최초 Andy
Kim 연방 하원의
원의 당선 축하
파티에서 사회를
봤다.

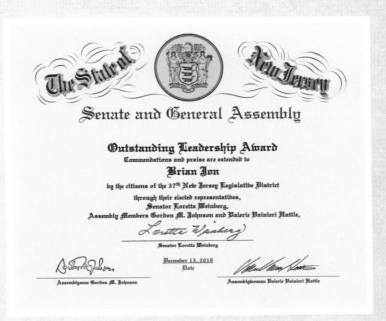

▲ 뉴저지 37 District 상원의원·하원의원에게 받은 리더십 상장

▲ Menendez 연방 상원의원에게 받은 리더십 상장

▲ 뉴저지 36 District 상원의원 · 하원의원에게 받은 리더십 상장

▲ 버겐 카운티 Clerk John Hogan에게 받은 리더십 상장

◀ Tenafly 시장에
게 받은 리더십
상장

PRINCETON UNIVERSITY

THE PRINCETON PRIZE IN RACE RELATIONS
CERTIFICATE OF ACCOMPLISHMENT
IS HEREBY AWARDED TO

Brian Jon

To promote harmony, understanding, and respect among people of different races
by identifying and recognizing high school age students whose efforts
have had a significant, positive effect on race relations in their schools or communities

JUNE 2020

CHRISTOPHER E. EISGRUBER
PRESIDENT

▲ 2020년 6월, 프린스턴 대학으로부터 '인종 관계' 상을 수상하였다.